段光安诗选

段光安 著

长江出版传媒　长江文艺出版社

段光安，1956年生，天津人。

科技工作者兼诗人。

九三学社天津市委员会委员。

天津鲁藜研究会常务副会长。

天津七月诗社副社长兼秘书长。

《天津诗人》副主编。

著有诗集《段光安的诗》。

诗作入选中国多种诗选本，

部分诗作被译为英文和俄文。

觉诗（代序）

1

改革开放三十多年来，知识裂变发展，传统的纸质阅读多数已被影视和网络传媒所取代，人们的生活方式和思维方式都发生了重大改变。某些艺术由主体走向边缘也就成为必然。诸如诗歌、书法、京剧等发展空间极为有限。就像蜡烛已被电灯所取代，只因为它很美，仍作为照明的象征用于祭奠或庆典。我认为，只有现在诗才真正得到解放，诗人成了普通人，不必承载过多。当代诗人已没有什么光环和桂冠可言，已从高坛走下，却未失傲骨，慢慢品尝自己的心血，自觉、觉他。诗像纸质阅读已处于边缘，却不会消失。诗像蜡烛已不作为照明工具，却在值得纪念的日子里持久呈现。

2

我认为对诗而言，生命意识至关重要，即使一句有最微小生命的诗，也胜过与我们生存无关的厚厚诗集。每个生命都是一个艺术家，呈现着生物体中的艺术方式。所以一朵野花，一片落叶，一声鸟鸣在某个瞬间会使人激动不已。

3

诗贵创造，创造一种模式很难，但创造之后即成为独立的存在，不可重复使用，因为第二次使用是制造，别人再用就是仿造。诗艺就是在不断的创造中发展起来的。

4

现代的诗、音乐、绘画有许多相通之处，艺术之树的根系越来越接近，几乎渐渐连为一体。就像一棵树下的三条根，相互渗透，相互依存。几乎全是靠情感去直接影响灵魂。它们重视整体效果，某个词句、某个音符、某个笔触都是微弱的，重要的是各个部分的平衡，相互加强，主要表现在更多地注目于自己的内心，构成整体的完美。它更丰富，更深刻，更微妙，也更直接触动读者的灵魂。

5

现代诗更重视潜意识以及直觉感受的美。信手而得的灵感往往更深刻。诗人取于物象的启示，用更加直接、更加单纯的语言，把潜意识的东西呈现出来，以其自身的组织传达某种思想，从整体的组织中铸造出一个新的内涵，就像抽象画一样，你看到的只是色彩，只是色彩之间的关系，自然的物象已经解体，分解成色彩的组织，分解成光的组织，正是在这种斑点之间的组织里说出了一些东西，抑或像立体画一样，只有看得入了境，一个完整的立体画面才会呈现眼前。

诗人是用语言作画的画家，国画、油画、版画的技术法都可用，偶尔具象，偶尔抽象，不求形似，而求神韵。像画家把神秘的感情体验巧妙地消溶在色彩的变幻之中，由某一特定时刻那些闪烁的色彩再现事物中永恒性的本质。由意象的色块构建形而上的意境，由小感动渐变为大悲怆。但流行的拼凑诗、解构诗、垃圾诗等文字刺眼，意象纷呈，就像碎玻璃在阳光下耀眼，细品却找不出有价值的东西。这不是艺术，因为抢眼才误导了许多初学者。

6

读书写作应是把草变成奶的过程。不是简单地把草榨成汁。

读书是重新发掘艺术，经得起时间冲淘的作品是开采不尽的矿藏。写诗就是把采回的矿石，冶炼成自己独有的贵金属。

把诗比作金子颇为合适，含金量有高有低。好诗读之如获至宝。只有诗的形式而无诗的内涵，就像镀钛或镀金，像购买了假首饰一样，有上当之感。

7

写诗与酿酒的道理极为相近。酿酒可用新的工艺增加酒的浓度，写诗可用新技巧增加诗的浓度。但均达不到自然醇香，所以才有那么多高度的劣质酒、劣质诗充斥市场和诗坛。无技巧是最高的技巧，就像酿酒陈放。技巧是可以模仿的，但思想却无法模仿，独到的思想是恒久的。

创作诗有如挖井，不在乎挖多少口，与其到处挖，不如只挖一口，关键是要挖深，挖出水。最可惜的是在挖到快要出水时，自己没有能力完成或没有意识到而把它放弃。

我写些小诗，就像我在院子里栽种几株变异兰花，自认为培育了美，却很少有人知晓，只是家人或邻居赏心悦目，多数是不懂花的人。

一些原始石刻上面的汉字，书法不是很美，谈不上什么技法，在当时是否最优秀已无法考证，但保存下来，具有文物价值。初学书法的人，若以此技法为标准那就错了，随便涂上几笔自认为超越了前人，却不具任何价值，因为没有时代的可比性。

8

机遇只赐给有能力的人，有的机遇许多年过去才意识到，空留下懊悔。美却不然，它虽然属于有眼力的人，但多年后，随着眼力的提高，仍能把美收回，留作自己体味或记录下来赠予他人。

9

灵感是一种创作状态，它与潜意识是相通的。灵感也是可以培育的。如果在一段时间里，你给自己定出几个题目，有意识地思考，久而久之，你会发现你反复深入思考的问题像种子植入了潜意识的土壤，若不断地浇水施肥，不知什么时候就会突然钻出芽来。这芽儿也许就是灵感。不断地植入，也就不断地长出。灵感会源源而来。

10

在诗中潜意识流形成巨大的冲击力，正像江底的水，受到各方的压挤，在底部形成合力，形成内在的潜流，积水越深，落差越大，能量越大。人们从中发现利用堤坝发电的原理。

11

只有简化，才能把有用的东西从大量无用的东西中萃取出来。把事物简化至最直接与生命对应的形式，能用一句话说清楚的，绝不写第二句话。简洁，就像物质提纯或炼铀，体量小却蕴含巨大能量。

12

高深不应是难懂的词句，让人琢磨不透，而是让人怎么想都有道理，越想越有道理。

某些用理论无法证明的东西，用意象呈现出来，隐喻进入潜意识，蕴含难以觉察的思想，干净的语言，至圣至洁。

13

每个诗人都在渴望寻找真实，一旦发现就会不失时机地表达这一真实。每个物体都孤立存在，有其潜在的真实。要将现实剥开，找出本质，让事物赤裸裸地呈现出来，让物质自己说出话来。

诗需要真挚，真挚到深入根本，向自然或自己汲取或深入，返璞归真到本质，落花无言，含蓄不着一字，至纯至默。

目　录

第五辑　与诗独处

第六辑　为圣杰人物画骨

第七辑　回忆是黏的

第一辑
荒野之声悲壮而久远

步入荒野，与自然相遇，与生灵互动，个体的存在被突然唤醒。我蹲伏下来逼近曾经听过的喘息，荒野以一种隐秘的语言讲述着我的起源。我曾在文化中失去自己，遭遇野性我又找回了自己。走向荒野的每一步都是向自己的回归。探寻自然即探寻自己。荒野向我袭来黑暗，又与我一起点燃篝火。哲学走向荒野，就像卵轻轻落入巢。

荒野黄昏

乌鸦这黑色的使者
以独有的方式诠释日落
枯草萧萧而立
在低声喘息或者私语
那是生命萌动的声音
云杉倒下腐烂
再重组生命

棘丛中我寻找来时的路
俯视幽深峡谷
莽莽苍苍
灵光飞出
万路之后无形的路
悠悠间
天心
地心
人心
在瞬间相触

静静湖水

冻结又消融

我抛掷石块

测量荒野的深度

荒野之声

悲壮而久远

雪野残阳

几行野兔的足迹

伸向雪野

枯草探出头儿来

大地苍茫

夕阳是只受伤的鹰

抖动着滴血的翅膀

团泊洼秋天滴血的残阳

团泊洼的秋天
雕刻风景的刀
滴血

枯槁的芦苇
渗血

一位血肉模糊的战士
与太阳角斗
直到残阳
流血

他提着自己的头颅
胸腔不停
喷血

将溅血的头颅抛向西天
沉入湖面
涌血
四溢

山中落日

在深山

独坐

欣赏落日泼墨

墨汁溅满无际山谷

悄悄抹去了我

此刻

我的眼睛

是闪烁的星座

草原风筝

草原
天空
绿延伸
旷远淡淡地蓝
一点红
朝阳
是我放飞的风筝

湖边画晚

天边搁浅几尾彩鲤

鳞片绚丽

颤动

颤动

颤动成

泥鲤

灰鲤

墨鲤

蝙蝠织网

把鱼网去

溪　边

羊不经意地吃着青草

落叶在脚下窃窃私语

鱼在溪底嬉戏

忽然

一个陌生面孔自水中浮起

躁动的脚步充满耳际

定神看时

只有自己

高粱茬儿

静穆

收割后的高粱地

干硬的根

支撑着剩余的身躯

在凛冽的风中

站立

锋利的梗

执著地望着天际

大雁远去

拉拉蔓

拉拉蔓匍匐蔓延
繁衍绿色
多角叶举一串串微小花穗
茎上的刺警觉着

一年四季劳作的父亲
弯曲的身影
在夕照中
模糊成拉拉蔓
此刻
有一种精神难以触摸

青 麦

微风吹过一股泥土气息
一眨眼
青麦站满荒芜的土地
丰盈嫩绿
远处几个女孩
跳跃的音符
与春走在一起

荒原荼火

一支支白茅
像火炬
在春风中抖动
把沙岭点燃
荼火飞溅
似奔腾的野马群
冲向无际的荒原

夕阳泼墨
把沙谷涂抹
此刻巨大的浪涌凝固
沙峰上仿佛一群海鸥掠过
荒原与白茅
水与火
僵持着
在夜幕降临的刹那间融合

我偶然发现一株苜蓿

在瀚海石砾中
我偶然发现一株苜蓿
几朵瘦弱紫花
几片绿叶
探出头来看世界
纤细的根部石裂破碎
我未听到咔嚓咔嚓声响
却感到生命冲击石头的力

沙柳的高度

被砍割后的沙柳茬儿
簇拥着土丘
风把土丘雕剥成塔凸
冻雨又把塔凸凝成冰柱
它临风而立
冷出了高度

戈壁树根

戈壁狞厉的风

把土蚀光

又把沙剔净

树只剩根

与石共生

根刺入石头

撑裂石头

又紧紧握住石头

烈日焚烧

把戈壁点燃

一簇簇根丛

一团团生命之火燎动

石缝中树

一棵树斜倚着岩峰
根紧紧抓住唯一的狭缝
树冠贴近草尖
倾听，只是倾听
一阵鸟鸣
炸碎透明的宁静

球茎铁树盆景

枝叶

被全部剪下

只剩根茎

滋出

愤怒的芽

结满

仇恨的疙瘩

喷出的血

正是绽开的花

光秃的树干

锯去枝叶的光秃树干
像哑巴截去了四肢
蠢在路边
一声不吭
不能挽留风
雨的触摸已不是快乐的事情
树液含泪不肯滴下
新的枝叶在根系深处
萌生

农家小院

院中茉莉花白蝶般悠然
篱上牵牛花风中袅袅欲升
燕子衔云瓣糊小院棚顶

梅雨水乡

从山坡看水乡
屋脊像鱼鳍在云中摆动
黄梅树挥墨
横一笔
竖一笔
润出细雨
雨巷中走来
江南忧郁的女子

岁　尾

岁尾

夜很淡

乡间的小径

静谧如冰

残雪并不耀眼

繁星挂在枝头

那么近

踏着岁月的边缘

踽踽独行

冰裂

我听到了叩门声

阳光轻抚大地

耕翻的土地

禾茬反光

小径去处

白杨闪亮

旷野尽头

荼火燎燃丘冈

几只麻雀掠过

树林　篱笆　草房

干旱的田野

荒芜的土地上
流着火
禾苗是几撮燎过的发须
大地干裂的嘴唇
持久沉默
只有远方的树
几个绿色音符颤抖着

收割后的土地

乌鸦鸣叫向夕阳冲去
面对收割后的土地
倾听家畜悦耳的声音
父辈模糊在黄昏的柔光里
土地
母亲的乳房一样干瘪
一棵枯树在秋风中摇曳
根在幽静的和谐中生长
如父亲的胡须

第二辑
蝗群变调的钹声撒向深谷

蝉未完成的交响曲

夏日正午蚱蝉寒蝉蟪蛄

多群奏婉转起伏

甘美的音流潺潺莹莹

若行若止均匀分布

啄木鸟的木琴不时插入

画眉一段急奏如思如慕

蝈蝈儿潇洒弹拨吉他

松鼠欢快击打松子手鼓

水蛭敲叶子的多变节奏

蚯蚓发出一组组微弱的断音符

蝉统领的巨大乐队

洋洋洒洒演出

蛛网、年轮、蜂房状的交响

旷远持久

突然一声枪响撕碎旷野

蝗群变调的钹声撒向深谷

蜣　螂

蜣螂能飞
却很少飞
总是身贴大地
一步一步
推一个浑圆的球体
从坡顶溜下去
再重新往上推
往复不已
付诸全部的生命
只是推

蟹蛛守台

日夜厮守
只剩下干瘪之躯伏居于台
把自己撕碎
蛛丝延伸且不断展开
一张硕大的网
把贫瘠的土地覆盖
其实那张网
早已在我们的体内存在

螳螂之死

在血色的豆叶下
雄螳螂在极度爱的瞬间完成自己
被雌螳螂把喉咙扯断
将身体撕碎
吃下去
作为孕育的营养积蓄
爱与死同期而至纠葛在一起
完美而统一

身体痉挛着
后腿抽动着
畅饮死就像酒
已经陶醉

穿越黑洞后重见阳光
破碎的翅膀颤栗
轻轻飘起落下
融入血色的豆叶里

一只贝壳

一只贝壳

被抛在岸边

岸不肯接纳

将它推向大海

又被海浪抛向岸边

就这样在岸与海之间

无奈地往返

不能站稳脚以观日出

更不能重返幽静的深海

也许一次海啸

会把一切改变

鹰

利爪钉入岩峰
昂然
凝重如铁
一双闪烁北极光的眼睛
把周围冻成了冰

展翅刺向苍穹
简捷
几条直线
一首苍劲的诗
韵味无穷

神圣
徐徐降临
至我幽暗的心底
化作火焰
升腾

鹰爪的影

草原上
一叶影
缓缓升起下降
平静移动

奔兔怎会知道
鹰爪的影
是隐蔽的箭弩
一直悬在头顶

此刻
寂静达完美
一尊青花瓷瓶

永恒的天鹅

雪丛中
一对冻僵的天鹅
高高的颈
任冰雕在一起
不知哪一只不能迁徙
另一只也不肯离去
在此
永恒玉立

湖上白鹭

静
潜入湖蓝
几朵白鹭悠然
灵翼扇动
几行诗句漫上苍天

鸽　群

白鸽

黑鸽

花鸽

鸽群在楼宇间翻飞

偶尔飞下

啄起草籽

啄起我们的名字

飞来飞去

追逐在苍茫边界

早春群鸟

鸟鸣清脆

似蘸着溪水

把嗓音磨利

花儿涌动

婉转起伏

春四起

群鸟忽而入林

宛如含苞抽芽

倏地

山野葱翠

雨夜老马

崎岖的山路
在闪电的瞬间才偶尔清晰
夜雨淅沥
如鬼魂涕泣
老马蹄裂
深一脚浅一脚
警觉的双耳一直耸立
车轮还是陷在滑坡淤泥
后腿一滑跪下
本能抗争像电闪穿过骨髓
老马一次再一次挣扎着站起
一次再一次跌下去
跪着的四腿支撑着
就是不肯卧在泥里
痉挛的腿上滴着血
背上渗出血
一团火
一团黑火在雨中喷着热气
颤抖的路
瞬间通向遥远的天际

迷途的群羊

迷途的群羊三三两两
穿越峡谷面对荒漠
雷声远了
骄阳似火
沙丘上的塔楼
风沙中体味荒凉
羊群困惑
骚动涌着头羊

母　豹

母豹肠子流出
仍回洞喂奶
一步
一步

举步滴血
一步
一步

踉踉跄跄
拖出
一条路

残　狼

地震后逃离动物园的残狼
像团流体冲过棘丛
似影子来去无声
活灵的双耳只是倾听

孤寂笼罩天宇
孤寂充满幽谷
孤寂使它耐不住明月
想仰头长嗥
却没发出嚎声

冷漠是山
是宁静的湖泊
是狼冰冷的火

第三辑

大漠的风沙敲起编钟

寻找古城

一道巨大的伤痕延伸着干涸的河床
一圈圈年轮扩展着沙浪重重
在沙漠的边缘我寻找古城

只有倾斜的石碑
碑文已模糊不清
却执著地把太阳这枚石鼓支撑

在滚烫的沙丘上
沙枣树的根扭曲着
像银灰色的火苗挣扎着升腾
占据最后据点的蜥蜴窥视
乌鸦那双没有燃尽的眼睛

沙暴来得那么突然
将我抛入混沌
大漠的风沙敲起编钟

走近尼雅古国

大漠浩浩长风
把历史书页翻合
城墙坍倒时的一声长叹
仍在大漠腹地蔓延
绵延成沙丘沙谷
把天地缝合
佛塔神圣而宁静
任大漠死去或复活

枯河古渡

战争已经结束
残阳的血还在枫林上流
古渡端坐
与枯河相互凝视不知多少春秋
持续得太久了
化作
一部无字的断代史书

嘉峪关残垣

亘古石墙挡住了去路
我停下脚步
面对一块石头
就是打开一本书
读页岩
残缺的文字
试图译解一个个符咒
我触摸坍塌的石块
接触到它的最深层
猛然发现
四野沉默不语的石头
以独有的方式构成宇宙

碎片复原的陶罐

博物馆里矗立着
一尊树状的汉代陶罐
不知是被古人摔碎
还是被历史挤成碎片
如今把它粘合补圆
残缺的陶片褚黄相间
像叶子
像枝干
枝叶相互隐蔽
相互呈现
感觉透过古榕树冠观看夕阳
太阳落入陶罐
一片落叶跌下
飘了千年

一方古砚

一方古砚
研墨千年
泼向宣纸
燃起不灭的火焰
古砚成精
仍默默修炼

残　碑

残碑是断臂老人

冷漠

而风骨犹存

笔锋

像胡子一样苍劲

再激昂的演讲

也打动不了他

历史在他身边玩耍

只是一瞬

秋日石碑

秋日的旷野
只有石碑
召集起众多零乱的事物
与夕阳、石头、野草、枯树
同吟一个乐谱
它与宇宙相互阐释
相互占卜

圆明园残石

石头在黄昏沉默
乌鸦降落啄食石头的梦
石柱残断
又凿剔成石墩、石碾、石鼓

我注视石头的目光
石头高举手臂托起空寂的恐怖
我不敢看无法愈合的伤口
和那血凝成的株株石树
我是石头点燃的火苗
而后化作一块呼吸的石头

大漠狂石

沙漠　只是沙漠

一块石头在这里风化

千年之上

千年之下

以一种姿势

任云涛变幻

任日出日落

把寂寞的风

最终听成水的流动

切入石头

一人在山脚
细观岩层中沉积的贝壳
切入石头
落入亘古的隧道
触摸四壁
全是伤口与伤口的凝胶
赤壁下
堆满锈蚀的刀

断　层

倾斜的历史
把地层矗立
一头栽入地心
另一头刺向苍穹
一层层砂岩把日子挤压
直至断裂

独步沙漠

我在瀚海中跋涉
累了，与石头同坐
听石头高歌
一块块石头
一个个鲜活的生物
跌跌撞撞拥挤而出
我收集的文字飞上了树
绿了许多梦

莫高窟月牙泉

古塔是株未燃尽的残烛
月牙泉净净的一杯水
谁将莫高窟
这坛酒放置大漠
酒坛裂漏
小溪迂回
杯水静静地
变成酒
又化作水

荒漠夜空

闪烁的星——狼的眼睛

徐徐逼近荒漠

沙石喃喃自语

一句自古阐释大地的话语

被风沙传诵

处于千古不解的隐喻

茫茫荒原敞开巨大的感觉之门

将我融入神秘的生命

我抓起一把碎石抛向天空

化作鸟轻轻栖落莽丛

北极星空

苍穹玻璃

弧下来

伸手可及

谁在上面嵌满钻石

一颗颗晶莹通灵

心跳动

生怕把什么碰碎

加拿大魁北克古城

在加东雪原
一位老贵族拄着拐杖
颤巍巍聆听
一座座教堂穹顶蜿蜒
溯冰河而上

尼亚加拉瀑布

——移民潮

水
千里迢迢奔来
就为这一跳
跳下去
跳下去
跳下去
砸
到
底
命运逆转
雾汽
漫上山冈
彩虹
淡然升起

第四辑
归隐闹市一片苍茫

闹市沙漠

立于街心
即立于浩瀚的沙漠
我孤独成一株白杨
落入一种空旷

黑色的沙涌来
我融入不确切的黑屋
面对一堵或隐或现的墙
除内心的伤口外一无所有

穿街而行
踏入鸣沙
我迷失在
名字与名字的沙粒之间

我从自身飘离
从行人的眼睛进入行人的眼睛
无数片树叶低语
只是低语……

骑自行车夜过闹市

人流的头顶是黑色的沙漠
自行车是荒漠中的骆驼
仿佛深夜独步旷野
陌生的脸是墓碑
车迹脚印被风沙淹没
我凝神而立
独享这湛然的宁静时刻

阻 塞

拥挤的眼睛把路紧紧叉住
脑袋已经过了路口
身子还在这边停留
等出了胡须
待出了皱纹
不知等了多少
时辰
又一代人也跟在后面
开始等候

躁动的碑林

置身碑林
一切都在凿刻也被凿刻
分不清人或石碑
此刻我刚拿起刀
刃锋就滴了血
忽听
焦躁的石碑争吵
噪音剥落
又被噪音淹没

狭缝中赏月

许久没有望月

今日皓月夹在楼顶

窗子连着窗子

筑成玻璃的墙

生命挤于缝隙

一棵棵树扭曲变形

月光泼洒的墨迹

我无法读懂

此刻

真想变成风

从狭缝飞升

而多皱的灵魂却不肯离去

栖在树上聆听

岁月静止

又来去匆匆

只是不动声色

已人去楼空

我在城市割草

清晨我在楼前割草
掠过草香
仿佛又悄悄趟过小溪
步入草场
镰刀霍霍
露珠滚落闪闪发光
城市一阵咳嗽
镰刀狠狠啄在我的手上

病房窗外的白杨树干

白杨
太阳从你背后抚摸
光沿你修长身段缭绕
树干上几片新叶
蹿着青春火苗

白杨
我久卧病床
透过窗看不到你的全貌
忽见小护士
阳光更加妖娆

办公室的吊兰

一盆小小吊兰

自柜顶垂下

延伸着岁月

不随心意的枝叶

全被剪断

狭长的躯干

在柜与柜之间逶迤

它无力抓住任何东西

只是下垂

瘦成一缕寂寞的丝线

办公室的皮鞋

每天那双油亮的皮鞋
准时挤开门溜到桌前
无奈在门与门之间周旋
不满，却未敢踏响地板
鞋底已经开裂
鞋面的光泽却有增无减

衣　镜

每天走向衣镜
由风华正茂剥落成一块奇石
瘦
陋
皱
饱经沧桑
看不清
是云
是雾
是霜
昏花老眼审视
一片苍茫

门

祖父进了一扇门
父亲也进去了
我突然发现
自己站在电动扶梯上
正逼近那道门槛
黄昏溶入玻璃
门虚掩

桩

桩
在冰冷水中倾听
半截身子陷在泥里
支撑着桥梁
冷漠
像四十岁的汉子
审视远方
浪一次又一次打来
腿抽筋
仍坚守在那个地方

再步老桥

行人是缺氧的鱼
待活儿的民工锈成桥头的铁钉

我们这些石头

山坡上

棱角分明的石头

相互熟识像村娃

突发山洪

随泥石流滚下

汇入江流

冲刷

冲刷

冲刷

分不清彼此

变得同样圆滑

我们这些石头

砸开依旧棱角锋利

不信你砸

边　缘

1

拆去屋顶的厂房

在夕阳中站立

父亲辛劳了一生

轻轻放下手中的事情静静离去

2

民工是割倒的麦子

被晾晒在市场

经风扬

饱满的磨成粉

再经煎烤烹蒸

消化在城市的胃肠

3

一辆垃圾车

轰地驰过

一只过路老鼠被碾得

血肉模糊

路边老鼠喝道
谁让你跑上干道

4
苍蝇
一只
又一只
密麻麻
在胶粘上战栗
灵巧的翅膀忽闪
毛茸茸的脚
一次又一次试图拔起

阶　级

石鼓
铜鼓
木鼓
皮鼓
一阶阶向生命逼近
我听到骨断和皮裂的声音

感受浪潮

巨兽猛扑过来
将我抓起
狠狠摔向崖壁
瞬间飞溅成泡沫

我是水
没有痛苦
粉碎了又融入
回到大海深处

海　啸

海啸决堤而来
把观望的人们卷入滚滚波涛
拍打声
悲鸣声
呜咽声
骤然来自不同方位
潮复一潮
排排浮现
我们无所依附
飞扬成零零碎碎的符号

势

1

一颗颗躁动的心聚集

聚成核能

冲击波没有释放

只是一种势

催着

迫着

燎着

人奔跑

只是奔跑

2

海啸压来

夹杂着人畜

我的木屋战栗

书架上的书

笔记本

年计划

月计划

散落一地
随之漂起

3
地震
我被卡在电梯里
不能动弹
一秒
又一秒
渴
饥渴
焦渴
卡在渴望与绝望之间
孩子的手伸出地面
隐隐呼唤
天地支离破碎
地震废墟一片

把旋转的星际审视

黑暗中
人们各持一支蜡烛
像游离的光子向我聚拢
又迅速离去
形成巨大的光轮
不知自己处于中心或边缘

破碎的自己

机遇是尾调皮的鱼
总在我指间溜去
自己却被琐事扼住了鳃
脸上游出几尾鱼

想将路一段一段叠起
却把自己折成一段一段
试图把自己接起
又被时间碾碎

某　时

我不敢看钟
因为秒针不断地割着我的生命

烈日当空

朝霞是美的
只是一瞬
夕阳是美的
只是一瞬
更多的是烈日当空
养育着生命
又煎熬着生命

秋花燃烧怒放

秋天旷野
百草结籽
万虫鸣唱
秋阳老人辉煌起舞
热情充满光芒
大红　大绿　大黄
昂扬秋花燃烧怒放

落叶尘埃

秋天白杨
一枚黄绿的叶子
举在空中
面对阳光
布满了孔洞
不，布满了星辰
落叶在风中
不停旋转

尘埃飘渺
千年落定
这山
这岭
是动
是静

人啊人

1
梦总是梦
一片败叶在寒风中抖动

2
秋来得那么急
草籽遍地
回首的刹那
已长满胡须

归　隐

我在山上躲入茅屋
听风雨

回到山下
落叶鸟语闪亮
静
净
境

已近归宿
慵懒树下
融于荒草蝉鸣

脱胎换骨

突然地震
山顶古城坍塌滚下
乱石把我碾轧
血肉涂在岩崖
风化

多年后
有一人那么熟悉
正是自己的少年
拾阶而下

第五辑
与诗独处

本　源

1
云
轰隆隆压顶而来
天空布满
滚动的乌黑树干
唯有的缝隙
是蓝色闪电

2
雨打心壁
激起向上的心绪
春天的草儿钻出大地

3
深入湿地
淹没在茫茫芦荡
昆虫飞起
鸟儿飞起

4

沉下去的是泥土
长出来的是植物

5

根茎
支撑着灵魂般的花朵

6

月亮这口玉碗
空得那么圆满

灵视诗境

1
书的海
寂寞的海
与天交融
星星渔火涌来

2
诗思高筑堤坝
把情绪积蓄
而后释放
一泻千里

3
水
汇成地下潜流
在岩缝涌出

4
把梦溶化

泼向天边
溅出彩霞

5
炼狱
燃烧肉体
萃取灵魂

落荒的状态

一种落荒的状态
——空白
相对静止
在静寂中等待
无论短促的击鼓
还是悠长的间歇都是音乐
总有一种情绪
盘根错节
就像植物的力冲到枝头
生成花蕾

空　白

窗外飘着大雪
我在暖屋内
自斟
自饮
品茶
品诗
漫入
一片空白

初　雪

积雪厚厚的
平平的
不管前人走没走过
咔、咔、咔
踏上自己的脚印
一种快乐从脚底涌来

读　春

春天躲在日子的角落已久
今夜沙尘暴猛然翻开这本书
零乱的文字汇成流沙
章节支离破碎
词语坠落化为尘土

春天残酷
我想汲水
已触不到辘轳
枯井
无水
干涸已久

心　径

我每天细心走过
这窄窄小径
尽头是通透的山洞
洞内石壁通灵
叩击滴水
忽一日心血来潮
溢满洞庭

思维之马

思维之马
仰天狂啸
从古战场驰骋而来
卡在高楼的玻璃中间

思维之马
奔上云端
只见飞沙走石
蝗虫一片

思维之马
跃过莽原
马蹄声
消失在幽静的山谷

秋，与诗独处

1
寻找秋
常常走近母亲的坟墓
思念秋
却不敢正视你的尸骨

2
沿着小溪
沿着秋的来路
观墓碑的圣洁
却听到几声婴儿的啼哭

3
秋
融入时间内部
一只悲怆的鸟
黑色的思想出出入入

4
秋夜孤独

在细雨中赏花
我的梦融化
精灵纷纷与我对话

干瘪的灵魂

诗人

尸人

木乃伊

干瘪的灵魂

很久远

又很近

屈原那老头投河一跃

竟铸就人的基因

海子这顽童被火车撞得血流不止

却救了许多失血的人

"饿死诗人"

只剩干瘪的灵魂

瘦得没有影子

在边缘隐逸

偶尔临风而立

渗透孤独

也就没有孤独

与纸人共舞

你招摇俏丽
在风中舞姿飘逸
我与你共舞
骤然雷雨
我是只落汤鸡
眼巴巴见你散落一地

弥撒的钟声

钟
一声
一声
一声
云团向两边退去
展开一道云梯
雨后彩虹
天门开启

感恩
感恩
感恩
一个个灵魂
卵壳开裂

剥离
剥离
剥离
透明的胴体

透明的羽翼

一声
一声
一声
来自内心
瘦瘦的钟鸣
明净
淡远
清晰

路德圣地烛光夜祭

静夜烛火

大片花朵绽放

老人的脸庞

孩子的脸庞

目光亲和相溶

我看见了信仰

晨曦碎云间

浸出柔美的微光

虔诚升起光芒

把黑暗的大地照亮

在天池，品苍茫

形而上是光是云
形而下是火是水

在大山云层之上沐浴阳光
直接感受自然的力量
面对巅峰
感知光芒
以凸画凹
以凹画凸

云流淌
潺潺漫过山林
浸于池水
池底布满透灵的彩石
静默中
有鱼儿擦肩而去

第六辑

为圣杰人物画骨

庄　子

不写诗

八卦平平仄仄与生命吻合

他喂养两尾太极鱼

往来于阴阳相互追逐

庄子

抑或蝴蝶

翅膀轻微扇动

雷雨持续大作

老子《道德经》棋罐

午后雪停
我一铲铲清除积雪
清扫每天走过的俗路
好去找老子下棋

与老子下棋
他总是不语
我每走一招
他便摸摸棋罐
结局总是他赢
我很抑郁
今天趁其不备
把他那棋罐偷回
夜静打开罐盖
海水四溢

秦始皇

这匹夫
一刀
把中国历史拦腰斩断
一把火
把书点燃
纸灰飞扬了几千年
如今兵马俑活起来
攻入博物大殿

文成公主

为你送行的古道
今已走成丝绸之路
那一刻
长安脆若玉杯
在你颤抖的纤手里
没有碎落
你把智慧藏入梳妆盒
种下爱的树
同周边花草肆意快乐
花粉远播
绿遍大漠

后人雕最美碧玉
还你青春
你俏丽空前
不知是否绝后

王国维《人间词话》三境界

大师行远
寻他
在山间小路
薄雾
看不清远山
有鸟鸣委婉
却不见鸟儿飞过
青草结籽
花儿自乐其间
我拾阶而上
走过一个树冠
又一个树冠

峰顶秋阳真好
普照群山
他家小院矮墙
爬墙虎红绿相间
石屋长满苔藓
我认出那三块条石
叠码成三层台阶

砌于门前
此刻脚下忽见
浮云流连

木心布道《文学回忆录》

你站在世界屋脊
指点江山
听你布道的人
也要步上高原

纲举目张
你只打捞先哲、文豪、巨匠
收进私家博物馆
世界文学是你的家珍
诗经、楚辞、唐诗、宋词
是你把玩的几枚可心玉片
你观《红楼梦》里的诗
如水草，在水中，好看

你是个艺术医生
专治品性贫困疾病
却时常感叹自己的缺憾
"不知原谅什么
诚觉世事尽可原谅"

堂·吉诃德

这病弱老头
每天展示骑士的风雅
穿盔甲
骑瘦马
持剑东拼西杀
刺闹市的酒袋
刺游人围观的灯塔
直刺得
骑士纷纷逃离天涯

今天他又
闯入剧场
冲进网吧
剑指名流
潇洒
当出门收费
他咕咚跪下

莫扎特的《安魂曲》

枯树呼啸
枯骨临风而立
为自己举行葬礼

《安魂曲》
一章章
一节节
消融
再生

生的召唤
生的指引
天堂之门大开
地狱之门大开
所有亡灵奔来相聚

幻听贝多芬

耳聋的贝多芬
冲入暴风雨
听不到雷鸣
只接受雨的洗礼
闪电
间或的闪电
命运汹涌
大海
收入他心灵的海堤

梵·高的世界

那椅子
扭曲的身子
总不服气

那向日葵
一张张蹿着欲火的脸
争吵不已

那星空
一只只眼睛
直逼灵魂的隐私

梵·高还在播种
草根
骚动四起

托尔斯泰庄园

俄罗斯的夏天
我驻足图拉
城堡、风车、童话世界
有鸟鸣幽婉
穿过一条又一条林间小路
林中阳光兀现
舒齐的绿草土台
矮矮围栏
坟，没有墓碑
我奉上白花
登上小楼
推开窗
身子融入黄昏
鸽子啄食钟声
猫舔食残阳碎屑
眺望远山远古
托翁忧郁的眼神深远

耶稣十字架

晚餐的时候，耶稣拿起面饼，掰开，递给门徒说："你们拿去吃吧，这是我的身体。"然后，端起（葡萄酒）杯来，说："这是我的血，新约的血，为大众流的……"

——《新约·玛窦福音》

血淋淋的躯体
撕心裂腑
滴了千年的血
酿成酒
麦子碾成粉
再经煎烤烹成食物
爱
生成人的骨

第七辑
回忆是黏的

朋　友

在你步入沼泽之前
大唤一声——不
在你攀岩时
扔下一根绳索

朋友相遇

傍晚
一对烟头相对点燃
亲密无间
移开
像篝火
缭绕着谷底峰巅
冷漠成两座青山

朋友的木锤

朋友约我相会
我赶到时他已匆匆离去
只留下一只木锤
手柄的余温未退
许多年过去
我时常被击
后来发现那未留下的鼓
恰是我自己

旧事新事
像草尖拱出泥土……

踏　秋

和朋友走在林间
踏着厚厚的落叶相互无言
直到踏出秋天的泪
浸湿许多年前的秋天
夕阳抹红枫林
树枝间流水潺潺
我们潜在秋天的水中
水草一样悠然

除夕厂主守厂

大片厂区空寂
落满积雪
那只黑狗摇摇尾巴
像他随身的影子
他俯下身
抚抚身边唯一的臣民

回忆是黏的

我童年熬的
伸向蜻蜓翅膀的胶黏儿
被儿子弄了一地
抹了一床

奔于熔化的柏油路上
我匆忙中
撞洒了老人的一碗豆浆

我痴痴地站在
滚沸的油条锅旁
双脚牢牢地粘在
黏糊糊的地面

沮丧越晒越黏
空气是黏的
回忆更黏

故乡的老屋

门窗斑驳
墙皮剥落
墙上的老式挂钟
总是指向一个时辰
透过几缕射入的阳光
观灰尘浮游
我寻找童年藏于顶棚的书
一张蛛网飘落

童年的河

童年的河
瘦成一条狭长的河岸
河床上几洼浊水
是母亲流脓的乳疮斑斑点点
堤上那棵老槐树
满身伤痕
寒风中
无奈挥动塑料灵幡

我的童年
已瘦成一条狭长的河岸

对爷爷的模糊记忆

1
拿出儿时的小人书
发黄的纸一闪
便湿润了眼
苍老的手
轻轻翻动童年

2
儿时在医院探视门口
久久望着狭长的通道
只记得穹顶肃穆
爷爷遗容严肃

莲池小屋

晨光涌入小屋
莲藕般的妻子润花蓄蕾
把小屋漫成一方莲池
我就是那棵水草
在秋波涟漪中漾来漾去

回　乡

红薯、大枣、花生
晒着秋阳
又见
土岗
土屋
土炕
忆起母亲
热
泪
流
淌

妈妈祭日

梦中我赶回家

吃妈妈包的饺子

喝一碗热茶

轻抚妈妈肩头

妈妈

妈妈

妈妈

醒来只剩

泪下

泪下

泪下

母亲的剪纸

母亲走了
没留下任何文字
唯一蓝皮线装本
夹满了剪纸
那是母亲的自留地
种满兰花
在花间漫入仙境
母亲身穿蜡染上衣
坐湖边
轻抚蜻蜓折断的羽翼

下　葬

面对太阳
我跪在大地
望着母亲的灵柩
徐徐下移
像露珠缓缓落地
化为汽冉冉升起
大地合拢手掌轻轻捧住
再慢慢向太阳奉上去
阳光巨大的手指把母亲接过
与自然融为一体

母爱若水，晶莹、透明
流淌在我的血液中
树的根茎里
化作催生花蕾的力
我与高擎的树枝一起
向太阳伸着手臂
泪水滴落
在我之内
在我之外
母亲成为自由的自己

母亲，旷野二月兰

春天
母亲的坟上坟下长满二月兰
是母亲用紫晶点缀绿色地毯
微开的花夹着露珠
是母亲含泪
紫晶闪呀闪

每每深夜
二月兰忽闪
点燃我的泪眼
母亲端坐，我上前拥吻
二月兰落瓣纷纷

又是春天
在漠南撞见二月兰
漫坡遍野
忽见母亲的身影
我驱车追赶
坡上坡下站满母亲
二月兰装点大漠天边

第八辑
读段光安

在丛生的意象群落中呈现诗魂

——读《段光安诗选》

吴思敬

　　固然，诗与青春有相通的含义，诗人早慧也是普遍的现象。但并不意味着仅凭年轻就能写出好诗。刹那间的感兴，瞬间的哀乐，恋人间的嘻笑谑浪，也许会触发短暂的诗情，但却难于抵达人生的理想境界与精神的澄明之境。诗的发现常常基于经验、阅历在潜意识中的长期发酵，而这就不单是年轻人的专利，更是中年人的优势所在了。由生活的经验转化为诗的创造，要经过复杂的心理过程。一个有相当阅历的中年诗人，不乏强烈情绪的体验，不乏多彩生活的记忆，不乏人生智慧的领悟，然而情绪体验、生活记忆、人生智慧等原封不动地照搬，那不是诗。情绪、经验、体悟只有在潜意识领域中经过长期酝酿，在创造性的想象中寻找到一种内在形式，把诗的情思附丽到某一意象或意象群落上，才能转化为诗。

　　段光安便是对诗的创作规律有深切领悟的一位中年

诗人，他所写的《觉诗》《燃烧意象，萃取意境》等文章，鲜明地表现了他的诗学观念。《段光安诗选》所收的《本源》《灵视诗境》《落荒的状态》《空白》《思维之马》《秋，与诗独处》等诗，写的便是诗人对诗歌自身的思考和对诗人创作过程和创作心态的体悟，属于"元诗歌"一类。

在《本源》中，"云／轰隆隆压顶而来／天空布满／滚动的乌黑树干"，写出了创作内驱力的鼓荡；"唯有的缝隙／是蓝色闪电"，是灵感的瞬间爆发；"雨打心壁／激起向上的心绪／春天的草儿钻出大地"，是诗人得诗后心境的清新与欣喜。《灵视诗境》则对诗歌创作的过程做了形象的概括："诗思高筑堤坝／把情绪积蓄／而后释放／一泻千里／／水／汇成地下潜流／在岩缝涌出／／把梦融化／泼向天边／溅出彩霞"。这一过程，说来简单，对诗人来说，却要经历在炼狱中"燃烧肉体／淬取灵魂"般的痛苦。《秋，与诗独处》一诗，描述了创作中诗人的感受："秋／融入时间内部／一只悲怆的鸟／黑色的思想出出入入／／秋夜孤独／在细雨中赏花／我的梦融化／精灵纷纷与我对话"。在《思维之马》中，作者更充分地展示出想象的高扬："思维之马／仰天狂啸／从古战场驰骋而来／卡在高楼的玻璃中间／／思维之马／奔上云端／只见飞沙走石／蝗虫一片／／思维之马／跃过莽原／马蹄声／消失在幽静的山谷"。至于《落荒的状态》《空白》则是对诗人的"空故纳万境"的虚静创作心态的省悟与描绘。

　　就一般诗人而言，从来是"鸳鸯绣了从教看，莫把金针度与人"，段光安却用诗的形式把自己的创作体会写了出来，为读者提供了理解他诗歌的一把钥匙。《段光安诗选》中所收录的作品，便是他的诗歌主张的印证。

　　把强大的生命之火注入到丛生的意象之中，使意象成为诗人主观情思的对应物，这是段光安诗性思维的明显特征。

　　自然意象在段光安诗中所占比重最大，他诗歌中的荒野、大漠、草原、星空、动物、植被等，无不给人留下鲜明的印象。诚如诗人所自白的："步入荒野，与自然相遇，与生灵互动，个体的存在被突然唤醒。我蹲伏下来逼近曾经听过的喘息，荒野以一种隐秘的语言讲述着我的起源。我曾在文化中失去自己，遭遇野性我又找回了自己。走向荒野的每一步都是向自己的回归。探寻自然即探寻自己。荒野向我袭来黑暗，又与我一起点燃篝火。哲学走向荒野，就像卵轻轻落入巢。"（《〈荒野之声悲壮而久远〉序》）

　　段光安笔下的自然意象，极少纯客观的静态描写，而是把自己的生命体验融入其中，使凝定的意象兀立于纸上。这一过程从"取象"阶段就开始了。意象从根本上说，来自于诗人的人生经验，包括来自于对客观世界感知的直接经验和来自于通过阅读和艺术鉴赏而获得的间接经验。但是诗人从生活和艺术中获得的感觉印象是那样纷纭复杂，把它们一股脑摆出来，自然不是诗。来自生活的感觉印象要进入诗歌，必先经过严格的选择，这种选择的出发点如黑格尔所说："就是诗人的内心和灵魂，较具体地说，就是他的具体的情调和情境。"（黑格尔：《美学》第三卷下册，商务印书馆1981年版，第192页。）段光安选取的意象，不同于王尔德那样的唯美主义诗人，专取光鲜、奇异、"美而不真"的景象去写，以营建一个超凡脱俗、远离尘世的理想世界。段光安是牢牢扎根在生他养他的那片苦难大地上的，在一种饱经摧残而不屈不挠的精神力量支撑下，他选取的意象恰恰成为他内心世界的外化。他笔下的植物意象，或如《高粱茬儿》："干硬的根／支撑着剩余的身躯／在凛冽的风中／站立／锋利的梗／执著地望着天际"；或如《石缝中树》："一棵树斜倚着岩峰／根紧紧抓住唯一的狭缝／树冠贴近草尖／倾听，只是倾听／一阵鸟鸣／炸碎透明的宁静"；或如《戈壁树根》："戈壁狞厉的风／把土蚀光／又把沙剔净／树只剩根／与石共生／根刺入石头／撑裂石头／又紧紧握住石头／烈日焚烧／把戈壁点燃／一簇簇根丛／一团团生命之火燎动"；或如《光秃的树干》："锯去枝叶的光秃树干／像哑巴截去了四肢／矗在路边／一声不吭／不能挽留风／雨的触摸已不是快乐的事情／树液含泪不肯滴下／新的枝叶在根系深处／萌生"。这些意象，高粱茬儿也好，石缝中的树也好，戈壁树根也好，光秃的树干也好，全都没有艳丽的花朵，没有高挺的茎干，没有芬芳的气息，而是残缺的、扭曲的、干硬的，但是却透露出一种内在的、不屈的、向上的力。

再看他笔下的动物意象，或是低下的，如《蜣螂》："蜣螂能飞／却很少飞／总是身贴大地／一步一步／推一个浑圆的球体／从坡顶溜下去／再重新往上推／往复不已／付诸全部的生命／只是推"，这里表面写的是一只微不足道的昆虫，实际演绎的却是西西弗斯的神话。或是高尚的，却是受伤的、处于危难之中的，如《母豹》："母豹肠子流出／仍回洞喂奶／一步／一步∥举步滴血／一步／一步∥踉踉跄跄／拖出／一条路"；如《永恒的天鹅》："雪丛中／一对冻僵的天鹅／高高的颈／任冰雕在一起／不知哪一只不能迁徙／另一只也不肯离去／在此／永恒玉立"；如《雨夜老马》："老马蹄裂／深一脚浅一脚／警觉的双耳一直耸立／车轮还是陷在滑坡淤泥／后腿一滑跪下／本能抗争像电闪穿过骨髓／老马一次再一次挣扎着站起／一次再一次跌下去／跪着的四腿支撑着／就是不肯卧在泥里"。上述滴血的母豹、冻僵的天鹅、疲惫的老马这些意象，处于困厄之中，却奋力抗争，体现出一种崇高之美。中国传统历来强调人为贵；古代西方哲人是按照神、人、动物的序列对世界万物进行分类的，按这种分类，动物自然是低于人，并受人的支配、宰割的。段光安却不把人看得比动物更重要，而是回归自然去寻找人性，对动物表示了博大的同情，并在动物身上看到人所要具备的情怀。

段光安的诗大多比较短小，每首诗均由一个中心意象构成，整合起来，构成每一辑的整体风貌。而在他经心营造的较长的诗作中，他往往把单独的意象聚集在一起，构成意象的丛林，不同意象间形成一种张力，莽莽苍苍，充盈着鲜活的生命感。如诗集开端的这首《荒野黄昏》：

乌鸦这黑色的使者
以独有的方式诠释日落
枯草萧萧而立
在低声喘息或者私语
那是生命萌动的声音
云杉倒下腐烂
再重组生命

棘丛中我寻找来时的路
俯视幽深峡谷
莽莽苍苍
灵光飞出
万路之后无形的路
悠悠间
天心
地心
人心
在瞬间相触

静静湖水
冻结又消融
我抛掷石块
测量荒野的深度

荒野之声

悲壮而久远

这首诗最能代表段光安的诗歌风格和他的艺术追求。诗人先用"黑色的乌鸦""萧萧而立的枯草""倒下而腐烂的云杉""幽深的峡谷"等意象渲染出旷野之"荒",但是这种"荒",并非死寂之"荒",而是充满生命力的蛮野之"荒",因而诗人能从萧萧而立的枯草中听出"生命萌动的声音",能从腐烂的云杉中悟出"生命的重组",能从"幽深的峡谷"中觉出"灵光飞出"。然而诗人写作的目的,还不仅在于展示这蕴含着原始生命力的莽莽苍苍的荒野,他对荒野的探寻,正是对自我本性的回归,他时刻渴望着找到一个通向自我心灵深处的"无形之路",从而在天心、地心、人心的瞬间碰撞中,找到生命之根。这首诗无疑表明段光安超越了现象世界的临摹,而在经验、情感、哲理的交融点上寻觅出自己的诗情。

诗源于生命,生命中有诗。诗的本体与生命本体存在着一种对应与契合关系。生命的存在是诗歌作为一种艺术存在的基础。生命的伟大、奇妙、瑰丽、神秘,生命对实现自身的渴望,以及生命在现实社会中受到压抑而感受到的痛苦、焦灼、不安,成为诗歌的绵延不绝的源泉。段光安对此亦有深切的体会,在他看来,"生命意识至关重要,即使一句有最微小生命的诗,也胜过与我们生存无关的厚厚诗集。每个生命都是一个艺术家,呈现着生物体中的艺术方式。所以一朵野花,一片落叶，一声鸟鸣在某个瞬间会使人激动不已。"（《觉诗》）对生命的礼赞贯穿于他的全部诗作中，像下引这首《感受浪潮》，那种饱满的生命呼唤，令人震撼：

> 巨兽猛扑过来
> 将我抓起
> 狠狠摔向崖壁
> 瞬间飞溅成泡沫
>
> 我是水
> 没有痛苦
> 粉碎了又融入
> 回到大海深处

这首诗恰可与艾青的《礁石》互文。艾青的《礁石》："一个浪，一个浪／无休止地扑过来／每一个浪都在它的脚下／被打成碎沫，散开……／／它的脸上和身上／像刀砍过的一样／但它依然站在那里／含着微笑，看着海洋……"这两首诗都展示了生命与现实惨烈的搏击，但象征体的内涵恰恰相反，艾青的诗是把礁石作为生命主体的象征，段光安的《感受浪潮》则把浪花作为生命主体的象征，二者的立脚点不同，但所展示生命的顽强自信，却又殊途同归，让人回味无穷。

段光安钟情于自然，也同样关注社会，他取材于当下社会景象的作品中，也一样渗透着鲜活的生命力。如《故乡的老屋》："门窗斑驳／墙皮剥落／墙上的老式

挂钟 / 总是指向一个时辰 / 透过几缕射入的阳光 / 观灰
尘浮游 / 我寻找童年藏于屋顶的书 / 一张蛛网飘落"。
写老屋之老，不去直说，而是用斑驳的门窗、剥落的墙
皮、停摆的挂钟、飘落的蛛网等一系列意象来暗示时光
的流逝，一种生命的沧桑感便自然地流露出来了。又如
《门》："祖父进了一扇门 / 父亲也进去了 / 我突然
发现 / 自己站在电动扶梯上 / 正逼近那道门槛 / 黄昏溶
入玻璃 / 门虚掩"。在城市生活的人，对自动扶梯都不
会陌生。但此诗所写站在自动扶梯上的瞬间感觉，却是
远超乎常人想象的。实际上，这是作者长期以来在潜意
识中对死亡这一生命现象的感触与沉思，在乘扶梯的瞬
间涌现到意识领域中来，被诗人及时捕捉到而成诗的。
这也正印证了诗人所说："现代诗更重视潜意识以及直
觉感受的美。信手而得的灵感往往更深刻。"（《觉
诗》）。

　　诗歌写作的成功，不仅取决于诗人锐敏的感觉力，
丰富的想象力，也取决于诗人的控制力。当下诗坛，一
些诗作者不了解这一点，把原始的生糙的情感、琐屑的
无聊的生活现象，不加节制地倾泻到诗行中，制造了许
多文字垃圾，对诗的发展是很不利的。诗人不仅要"入
乎其内"，而且要"出乎其外"，也就是说，不仅要有
真情实感，还要善于把自我的情感作为客体来进行观
照，把握好表达的分寸。对艺术的控制能力，是哲学上
的"度"在诗歌创作中的体现。段光安是深悟这一道理

的，他提出了"简化"的原则以达到对艺术的控制："只有简化，才能把有用的东西从大量无用的东西中萃取出来。把事物简化至最直接与生命对应的形式，能用一句话说清楚的，绝不写第二句话。简洁，就像物质提纯或炼铀，体量小却蕴含巨大能量。"（《觉诗》）这就可以理解他的诗集为什么会以短诗为主了，像《再步老桥》是只有两行的小诗：

> 行人是缺氧的鱼
> 待活儿的民工锈成桥头的铁钉

"缺氧的鱼"可以令人想起大城市中的拥堵、雾霾，以及市民的亚健康状态；"桥头的生锈的铁钉"则暗示了民工对临时工作的渴盼与求之不得的绝望。逼真的生活画面与人物的精神世界透过鱼和铁钉两个意象传神地显现出来。作者借鉴了西方意象派的手法，其取象之巧妙，用笔之洗炼，令人联想起庞德的《在一个地铁车站》。再如日常生活中穿衣照镜，谁没经历过？但如段光安笔下的《衣镜》，却是奇而又奇了：

> 每天走向衣镜
> 由风华正茂剥落成一块奇石
> 瘦
> 陋
> 皱

饱经沧桑
看不清
是云
是雾
是霜
昏花老眼审视
一片苍茫

镜子面前的那块"由风华正茂剥落成"的"瘦、陋、皱"的奇石，折射了抒情主人公坎坷的一生；而这块奇石，在昏花老眼看来却是"一片苍茫"，分不清是云是雾是霜，这又令人产生韶光老去，一事无成的无限感慨。落花无言，返璞归真，小中见大，以滴水见太阳，这是段光安的追求，也是他诗集中的优秀之作所达到的高度。

在诗歌创作的道路上，段光安不畏艰辛，一路走来。他在寂寞中坚守，端坐古渡，"与枯河相互凝视不知多少春秋"。丰富的生活积累，勤奋的艺术追求，对诗歌把握世界的方式的独特见解，感受着诗歌这一崇高的生命形式的呼唤，使他的眼前展开了一道通向诗歌天国的云梯，抵达一种境界。

2015年9月25日

吴思敬(1942—)北京人。诗学家、理论家。中国当代文学研究会副会长兼秘书长。《诗探索》主编。首都师范大学文学院院长、教授、博士生导师。著作有：
《诗歌基本原理》《诗歌鉴赏心理》《写作心理能力的
培养》《冲撞中的精灵》《心理诗学》《诗学沉思录》
《文学原理》《文学评论的写作》等。

"感到生命冲击石头的力"
——关于段光安的诗

张清华

1

> 乌鸦鸣叫向夕阳冲去
> 面对收割后的土地
> 我思念亘古……

这样的诗句不免让我想起先人，想起杜甫的《登高》，"风急天高猿啸哀，渚清沙白鸟飞回"，想起"无边落木萧萧下"，"百年多病独登台"。这是秋日的寥落和萧杀，也是苍茫与悲怆的心象。两者面对的景致应该是相似的，但心境却有差异。明代的胡应麟称许老杜诗意，谓之"词调稳契，使句意高远"，"深沉莫测而力量万钧"云云。想来段光安诗句中的忧伤与深沉，或许没有老杜的顿挫峭拔与万千气象，但无疑也有着以白话所传递的"古意"。只是他没有将这古意的抒写止于"苍茫"与"悲愁"的意绪，而是将之进一步客观化和对象化了——变成了他对死亡，对"收割后的土地"的一种思考和面对。

这与郑敏的《金黄的稻束》以及海子的《麦地》所表达的，也几乎是一样的，它们所同时面对的，都是同在的收获与死亡。"母亲的乳房一样干瘪/一棵枯树在寒风中摇曳/根在幽静的和谐中生长/如父亲的胡须……"生命在延伸中以老迈与衰败的方式，展示着其不屈而不朽的价值与力量，在衰老和死亡中展示着同在的旷达与悲悯、欢愉与悲伤。而这，正是典型的现代性的处置与实现形式。

2

上述分别是《荒野黄昏》和《收割后的土地》中的诗句。显然，生命是段光安的主题，是他吟咏的对象、核心与动力的源泉。应了黑格尔的说法，"美是人的主体力量的感性显现"，诗意最终当然是主体生命的映像，是源于主体经验的投射而生成。这自然也算不上什么了不得的事情，但凡一个好的诗人，大都是以生命经验作为其表达的根基、对象和旨归的，都是生命的吟咏者。但像光安这样自觉地、孜孜以求地执著于生命意识表达的，仍然是值得承认和赞许的，在诗歌已决心"去抒情化"的今天，保有对于抒情写作和生命主题的热衷，已不止是一种陈旧的偏好，而且是一种傲人的坚执和勇毅了——

对诗而言，生命意识至关重要，即使一句有最微小生命的诗，也胜过与我们生存无关的厚厚诗集。每个生命都是一个艺术家，呈现着生物体中的艺术方式。所以一朵野花，一片落叶，一声鸟鸣在某个瞬间会使人激动不已……

这样的观念，很可以阐释他的《我偶然发现一株苜蓿》一类作品，在光安的大部分诗作中，从鲜活而卑微的生命细节开始，到对于生命真谛的开悟与体味结束，几乎是一个常态的逻辑。"在瀚海石砾中/我偶然发现一株苜蓿/几朵瘦弱紫花/几片绿叶/探出头来看世界/纤细的根部石裂破碎/我未听到咔嚓咔嚓声响/却感到生命冲击石头的力"。这是微小的和软弱的生命的草芽，但却坚韧地活着，在茫茫的沙海戈壁中。你不能不对这样的生命肃然起敬，不能不对他作为诗人的胸襟情怀而感到讶异和信服。

3

但是，如果仅仅将段光安看成是一个旧式的浪漫派诗人，那就错了。他的诗中有浓郁的现代性因素，这也反过来使他的抒情性获得了新质，使他的浪漫气质得以有了"接地"的机会与理由。他会把荒诞的事物用很抒情的方式呈现出来，并且远远超越了"讽刺诗"的范畴，不能不说是一个了不起的能力。比如说，他会写到"蜣螂"这样的昆虫，蜣螂俗名即屎壳郎，屎壳郎居然可以写到诗里，而且还具有了"西绪弗斯神话"般的内涵——某种意义上也可以说，他构造了一个"简版的"或"喜剧版"的西绪弗斯。"蜣螂能飞/却很少飞／总是身贴大地／一步一步/推一个浑圆的球体/从坡顶溜下去／再重新往上推／往复不已／付诸全部的生命／只是推"。

加缪说，"荒诞和喜剧是大地的两个儿子。"段光安抓住了荒诞和喜剧的衣领，将它们轻而易举地拎起来，以一只蜣螂的分量，实现了有意味的表达。

类似的作品还有《阶级》，它仍是以轻逸的方式，抓住荒诞的身体，只是这一次他是扼住了它的脖子，抓住了一个更为沉重和庄严的题目。但他把过往年代的那些残酷与暴力，以革命和政治的名义所施予的虐杀，用了四两拨千斤的方式将之呈现出来。

> 石鼓
> 铜鼓
> 木鼓
> 皮鼓
> 一阶阶向生命逼近
> 我听到骨断和皮裂的声音

这颇像是多多的《当人民从干酪上站起》，在这首著名的诗篇中，我们可以懵懂地看到或回忆起那动荡而暴戾的年代，专政和斗争的荒诞逻辑。只是与多多的奇诡和庄严相比，他来得更为轻逸、跳跃和简洁。

4

提到了朦胧诗的影响，或者余绪。段光安出生于二十世纪五十年代，想必在八十年代之初，也曾经被裹卷进那时的诗歌潮流，或者至少会隔岸张望。但凡从这个时代走过来的写作者，多多少少都会留有一些印记，只是在光安的诗中，这种印记显得格外深了些。在这部诗集里，料想也收了不少他早年的作品，因为可以明显地看出与朦胧诗的仿照、呼应、对话，甚至互文的关系。比如开头所引的几句"乌鸦这黑色的使者/以独有的方式诠释日落"，就很容易让人想起北岛的《结局或开始》中的尾句"乌鸦，这夜的碎片/纷纷扬扬"。还有他的《圆明园残石》，其中的句子也很容易让人想起北岛的《古寺》，想起江河或是杨炼某些诗句的影子。"石头在黄昏沉默/乌鸦降落啄食石头的梦/石柱残断/又凿剔成石墩、石碾、石鼓……"这些意象很容易将读者带回到上世纪七八十年代之交的氛围和情境。

这或许会给人一种错觉，即光安是一个"过时"或"落伍"的诗人，但我却不这么看，虽然处理的方式或许随时代变化而变化，但一个诗人却无论如何也不能失去关怀历史和文化的情怀。如果他只是关注个体的经验，作为诗人的世界就小了；如果只是关注现实，那么其思想的纵深感也会变得稀薄。而段光安却时时强化着自己对历史的观照，像《秦始皇》《圆明园残石》、残

碑》《庄子》诸篇都是很好的例子。这些诗中我们不难
看出，其浸透的人文主义的思考与批判精神是十分强烈
的："这匹夫一刀/把中国历史拦腰斩断/一把火/把书点
燃/纸灰飞扬了几千年 / 如今兵马俑活起来/攻占博物大
殿"。这是对秦始皇焚书坑儒的思考，在历史的悲剧与
现实的后果之间，生发出了十分深远的解释关系和忧患
意识。

　　还有一点也必须承认，光安对于朦胧诗的偏爱，使
其在艺术上也变得有些唯美的倾向，注重氛围和意象的
营造，强调修辞与色调的考究。仍举《圆明园残石》中
的句子：

　　我注视石头的目光
　　石头高举手臂托起空寂的恐怖
　　我不敢看无法愈合的伤口
　　和那血凝成的株株石树
　　我是石头点燃的火苗
　　而后化作一块呼吸的石头

　　如同集北岛、舒婷、顾城、杨炼等人的风格于一
身，深邃，悠远，精当，老练，形象鲜明，语言干净，
整体上可以说达到了一个臻于成熟的境地。

5

　　还有潜意识的深度。在这点上，光安获得了非常
宝贵的自觉，这使他能够在接受了朦胧诗的诗学营养之

后，可以保有基本的现代性特征，并成为一个能够与当代诗歌不断变化与延展的场域相接洽与对话的诗人。

甚至关于潜意识、关于潜意识所支配的感官的各种反应，他还有非常细致的论述：

> 现代诗更重视潜意识以及直觉感受的美。信手而得的灵感往往更深刻。诗人取于物象的启示，用更加直接、更加单纯的语言，把潜意识的东西呈现出来，以其自身的组织传达某种思想，从整体的组织中铸造出一个新的内涵，就像抽象画一样，你看到的只是色彩，只是色彩之间的关系，自然的物象已经解体，分解成色彩的组织，分解成光的组织，正是在这种斑点之间的组织里说出了一些东西，抑或像立体画一样，只有看得入了境，一个完整的立体画面才会呈现眼前。

不能不说这是一段极有见地的诗学观点。众所皆知，自精神分析学和超现实主义诗歌遍布世界以来，书写无意识，或者由无意识参与诗歌写作，已然成为现代诗的应有之意，诗人在写作中常自觉或不自觉地融入大量个体无意识活动。这使得诗歌已不只是诉诸我们的头脑、观念和心灵的东西，还成为诉诸我们的直觉、感官、身体、皮肤和神经的东西，一句话，诗歌变得更加神出鬼没，更加灵敏和难以言喻。光安能够自觉地认识到这点，不能不说是十分可贵的。这一自觉使得他的作品中常常有活跃的直觉与潜意识，如前文中所引"石头高举手臂托起空寂的恐怖"，"我是石头点燃的火苗/而后化作一块呼吸的石头"，都可以看到其不可或缺的作用。

有的还更为直接：通篇都可以视为是以直觉入诗，如《我在城市割草》，即是一个幻觉或白日梦式的文本："清晨我在楼前割草/掠过草香/仿佛又悄悄趟过小溪/步入草场/镰刀霍霍/露珠滚落闪闪发光"——

城市一阵咳嗽
镰刀狠狠啄在我的手上

这是对于都市普遍的生存异化的生动写照，也是对于乡村与童年记忆的美妙而又伤怀的回想。这里的疼痛很显然是超现实的一种幻感，引人深思和遐想。

6

年余前读到光安的诗，一时语塞。虽然被嘱写几句话，但始终没有动笔。想来不只是因为一时间找不到合适的修辞，也是因为没有寻到一种可以与之对应的沉静的心胸。虽说批评或是评点是针对着阅读的对象，但哪一种对别人的言说，不是对于自己心境的折射，哪一种对别人的评论不是自己人格的镜像呢？所以，等不只是一种不得已，或许还是一种必要。

因了这个理由，评的事便一拖再拖，拖到了现在。时序已是深秋，再拖便又到了岁尾，正迟疑间，我忽然觉得似有开悟，渐渐"读懂"了他，读出了他诗中的胸襟与志趣，意蕴与味道。因此也便写下了这些话，以作为一种交代与祝愿。常常，读一个诗人，其实也是与自身的心智的一种交集与神会，"缘"不到，即便你读懂了，也不见得有感动和感念，而如果这"缘"到了，即便那诗也还有种种的问题和局限，也会让你全然接受，从心底里有一种感动和认同，眼下我与光安就几近于这样的一种关系了。

他的优长，我能够真切地感受到；他的局限，可以让我照见自己。

世间为知友者，其如是乎？

2016年10月31日，于北师大京师学堂

张清华(1963—)，山东博兴人，文学评论家，理论家。北京师范大学文学院副院长、教授、博士生导师。北京师范大学国际写作中心执行主任，北京师范大学当代文学创作与批评研究中心主任，中国当代文学研究会常务理事。著有评论集《中国当代先锋文学思潮论》《内心的迷津》《境外谈文——中国当代文学中的历史叙事》《天堂的哀歌》《文学的减法》《存在之镜与智慧之灯》《猜测上帝的诗学》《穿越尘埃与冰雪——当代诗歌观察笔记》等多部；散文随笔集《海德堡笔记》《隐秘的狂欢》；诗集《我不知道春雷是站在哪一边》等。

诗的生命与生命的诗

吉狄马加

在当今商品化社会的大潮中。能够坚守诗歌阵地二十多年而痴心不改、默默耕耘的诗人，难能可贵，段光安就是其中之一。多年来，他把全部的业余时间都用于读诗、写诗，并乐此不疲、反复探索，写作了大量短诗，形成了自己独特的创作风格，最终达到了以诗抒写生命、刻画心路历程、叩击灵魂的大美的诗歌境地。

读段光安的诗，深深感到他的诗是坚硬的、火热的。他在诗中讴歌断碑的苍劲，残石的沉思，老马的"痉挛的腿上滴着血／背上渗出血／一团火／一团黑火在雨中喷着热气"的顽强，树根的"站起一排排不死的灵魂／举着愤怒的手臂抗争"的坚定……他的诗的嶙峋，展示出人生之路上诗人的反思、进取和自励，呈现的是一颗"爆炸的心""仰天长啸的思维之马"。他以急促的语言和断句呼唤着人生的警醒。长歌当哭，诗是人类灵魂永恒的追求，诗人的内在气质和思考的深度决定了诗歌的风格。段光安的这些诗，无不透露出鲜明的诗意指向，即在漫漫的时间长河中，对顽强生命的赞颂和在逆境中精神的搏击；虽然也流露出悲痛、孤独，但"诗人从高坛上走下，未失去傲骨。慢慢品尝自己的血，自觉，觉他"。这才是写诗的真谛。在当前诗歌日益平庸、琐碎、低下的个人化浪潮中，他以诗提升自己、净化灵魂，带有强烈的历史感和超越时空的跨越。他的诗，既是人类在现实生活中艰难而又顽强的生存状态的真实写照，又洋溢着理想主义的温暖光芒。

他的诗中，还有一种人与自然的和谐。他对童年的回忆。对一株小草、一片雪花的怜爱，对大千世界自然万物的凝神与感悟，都充满着鲜明的人文关怀和对纯朴性灵的热爱。在那些颤抖着生命浪迹的瑰丽小诗中，他以干净、简练、结实、灵动和有强烈画面感、形象感和节奏感的语言抒发着浓郁的诗意。他是短诗的擅长者，他的诗中最短的只有两句，却充满着深厚的内涵和人生哲理，让人深思，使人回味。

我国是一个有五千年文明传承的诗歌大国。今天，在经济飞速发展的改革大潮中，提升全民族的文化品味，承接传统，启示未来，已成为构建社会主义和谐社会的重要因素。段光安的诗歌创作给诗歌百花园地增添了一株带露的鲜花，也给我们以诗歌繁荣的启示。希望诗人能继续努力，在语言的自然天成上下功夫，在纯朴的诗意营造上下功夫，开创新的诗意空间，为中国诗歌事业的繁荣做出自己独特的贡献。我们期待着。

2006年2月于北京

吉狄马加（1961—　）彝族，四川凉山人。诗人。中国作家协会副主席。曾任青海省副省长，中国作协《民族文学》主编。著有诗集《初恋的歌》《一个彝人的梦想》《罗马的太阳》《遗忘的词》《吉狄马加短诗选》《吉狄马加的诗》《时间》等近20部。有多种文字翻译诗作发表于国外。

秋碑上的落日余晖

李小雨

古远。苍凉。静穆。悲壮。风干。锋利。粗粝。残断……废墟在一抹诗歌残阳的照射下，产生悲壮之美。段光安为我们勾勒出独有北中国诗歌审美的空间。

像米勒笔下的拾穗人，段光安的"高粱茬儿""收割后的土地"弥漫着浓重的落日余晖的气氛，更加光秃、干旱直至焦黑。这是一种焦灼。残阳即将离去，而又在诗人心中永恒地焦虑，隐约有一种梵·高向日葵的火辣与锋利。

静穆
收割后的高粱地
干硬的根
支撑着剩余的身躯
在凛冽的风中
站立
锋利的梗
执著地望着天际
大雁远去
　　　——《高粱茬儿》

这首诗作，基本奠定了段光安诗歌的风格。诗坛少见的一种凛冽、风悲之声的美。粮食已经走远，茬儿作为在大地上存留的间隙被诗人捕捉、定格。这是庄稼的废墟。在这首短诗里，词语之简洁之干净，令人惊心，但动词和名词却又充满丰富的表情，整首诗可听到风声、远去的收割声、雁鸣，看到无声的泪在地上、天间打转，意境浓缩而最后又被大雁拉远至阔。

正如另首诗《拉拉蔓》所说的，“有一种精神难以触摸”。段诗有意制造一种悲剧氛围、典型场景。这种具有震撼力的情结使其诗特质凸现，傲然不群。

光秃的树干，虽被锯去枝叶、截去四肢，但一声不吭，树液含泪不肯滴下。只要体内还有泪，就不是终结，就有新的枝叶在根系的深处萌生。《光秃的树干》写出一种硬汉的形象，删繁就简，露出伟岸身躯。

流火的是伤口，干旱的是人心。“桩 / 在冰冷水中倾听 / 半截身子陷在泥里 / 支撑着桥梁 / 冷漠 / 像四十岁的汉子 / 审视远方 / 浪一次又一次打来 / 腿抽筋 / 仍坚守在那个地方”（《桩》）。诗歌是有所负重的，悲剧是因为有坚守和承担才诞生的。这是一种坚硬。

他诗歌质地有沙石般的硬度——拒绝完美，要的是一种石头断裂出来的纹路。诗歌似乎沿此写下去，就写到绝壁。作者笔一转，露出他无情未必真丈夫的情态。日头一掐就到了夕阳，大写一下，就掩住伤口。

在深山

独坐

欣赏落日泼墨

墨汁溅满无际山谷

悄悄抹去了我

此刻

我的眼睛

是闪烁的星座

——《山中落日》

此时作者先遁迹，处于落日写诗写我的境地。最终诗人在黑暗中苏醒、复活，眼睛成为星座。这几句之中便写出了诗人主体意识归隐到复现的过程，天衣无缝。像一次重生，复现的当远不是自己。

"一个陌生面孔自水中浮起／躁动的脚步充满耳际／定神看时／只有自己"（《溪边》）。潜意识之中，诗人已分身，若坚硬也坚硬如水似冰。

积雪厚厚的

平平的

不管前人走没走过

咔、咔、咔

踏上自己的脚印

一种快乐从脚底涌来

——《初雪》

一连三首写雪的诗，都是作者潜意识之中的覆盖和角色的游移，为下面一首诗的到来做准备。

> 在瀚海石砾中
> 我偶然发现一株苜蓿
> 几朵瘦弱紫花
> 几片绿叶
> 探出头来看世界
> 纤细的根部石裂破碎
> 我未听到喀嚓喀嚓声响
> 却感到生命冲击石头的力
> ——《我偶然发现一株苜蓿》

至此，我们才看到段光安悲剧之诗的主角是一些张扬生命之力的苜蓿之类的小植物、小动物。正如他在诗中所说的"一个永恒的希望历历在目"。

"与命运角逐的石碾退役了"，"石阶刻满咒语 / 往昔 / 犹如沉默的石像站立 / 顷刻间 / 冷漠的灵魂向我围集"（《记忆之树》）。干冷的石头、荒漠、黑洞等等意象在云集，而切入石头的诸般小动植物也在集合，它们鱼贯而出。

"乌鸦这黑色的使者 / 以独有的方式诠释日落 / 枯草萧萧而立 / 在低声喘息或者私语 / 那是生命萌动的声音 / 云杉倒下腐烂再重组生命"（《荒野黄昏》）

"夏日正午蚱蝉寒蝉螗蛄 / 构成四重奏……啄木鸟的木琴不时插入 / 画眉一段急奏如思如慕 / 蝈蝈儿潇洒弹拨吉他 / 松鼠轻快击打松子手鼓 / 水蛭敲叶子的多变

节奏／蚯蚓发出一组组微弱的断音符／蝉统领巨大的乐队／洋洋洒洒演出／蛛网、年轮、蜂房状的交响／整体平衡旷远持久"(《蝉未完成的交响曲》)。

蛞蝓。蟹蛛。螳螂。鹰。雨夜老马。羔羊。牛。……这些生命的乐队似乎发出和命运冲撞的强音，只是各自承受各自的命运。

命运不可改变。悲剧的还有一头残狼。逃出动物园命运笼罩的境地又能怎样？一头残狼。作者再次进入自己的荒凉、梦的碎片和伤感中。

一切似乎不过是"痛苦的猪无奈地思考／幸福的猪愉快地舞蹈"，让诗人失眠。但是石头总是要穿越的。一个人的沙漠、瀚海扑面而来。

> 石头在黄昏沉默
> 乌鸦降落啄食石头的梦
> 石柱残断
> 又凿剔成石磴、石碾、石鼓
>
> 我注视石头的目光
> 石头高举手臂托起空寂的恐怖
> 我不敢看无法愈合的伤口
> 和那血凝成的株株石树
> 我是石头点燃的火苗
> 而后化作一块呼吸的石头
> ——《圆明园残石》

类似这样的诗篇还有《狂石》《切入石头》《残

碑》《躁动的碑林》《残垣》等，可谓集中为一座碑林
了。这组诗相当优秀、坚实，而灵动、意味无穷。诗歌
的直觉和理性结合近乎完美。石头不停变化，松开又闭
合，作者穿行又进入作者体内，比历史更久远。它既是
废墟又完好如初。它既是食物又自己燃火将自己焚烧，
呼吸自如。

石头至此已进入诗人的血液之中，像残阳照入内
心。作为人，"秋来得那么急／草籽遍地／回首的刹
那／已长满胡须"（《人啊，人》）。

> 秋日的旷野
> 只有石碑
> 召集起众多零乱的事物
> 与夕阳、石头、野草、枯树
> 同吟一个乐谱
> 它与宇宙相互阐释
> 相互占卜
> ——《秋日石碑》

石碑召集众多事物，诗歌也像刻在碑上的行行文
字，这个钻子就是诗人心中眷恋的、挥抹不去的一道道
夕阳。黑暗的不是字，而是夕阳之后的时空。

诗人段光安作为天津七月诗社的骨干，作为一名
科技工作者，多少年坚守对诗歌的热爱，写出"遗世独
立"的篇章，令人感动。诗歌不光是石碑还是山峰，一
行行的日头都将落入其中。

李小雨，（1951.10—2015.2）河北省丰润县人。曾任《诗刊》社常务副主编，中国诗歌学会副会长兼秘书长。著有诗集《雁翎歌》《红纱巾》《东方之光》《玫瑰谷》《声音的雕像》《李小雨自选诗》《李小雨短诗选》等。作品被译为英、法、意、日、韩等文。

诗人和他的世界

——读《段光安的诗》

叶延滨

诗人曾是个有着桂冠的称号，诗人也曾成为疯子和精神病人的代号。也许是这个世界变了，也许是在变化中的世界里变得不合时宜了。总之，诗人无论在过去和今天都是一群用不同眼光看待眼前世界的人。读《段光安的诗》，我首先想到了这个问题，诗集的第一辑名叫"高粱茬儿"。诗集展示了诗人眼前的世界："乌鸦鸣叫向夕阳冲去……土地／母亲乳房一样干瘪／一棵枯树在寒风中摇曳／根在幽静的和谐中生长／如父亲的胡须"(引自《收割后的土地》)。世界是这个样子，那么诗人在哪儿呢？诗人是苍凉的原野上的《高粱茬儿》："干硬的根／支撑着剩余的身躯／在凛冽的风中／站立／锋利的梗／执著地望着天际／大雁远去"。这是一个悲剧英雄，也许并非诗人的自画像，但他是诗人歌颂的对象：抗争，坚守和守望！

这样的形象使段光安的诗有了力度，有了骨质，虽然苍凉却充盈着浩然之气。如《记忆之树》中写道：
"一棵树斜倚着岩峰／根紧紧抓住唯一的狭缝／树冠贴
近草尖／倾听，只是倾听……"高洁的坚守者，他守卫
着什么呢？大概答案就是诗意，让我们去追索，在追索
中与诗人共鸣。再如诗人笔下的《雨夜老马》，读这首
诗让我们想到著名诗人臧克家笔下的老马，那是一个背
负苦难的受难者："总得叫大车装个够，／他横竖不说
一句话，／背上的压力往肉里扣／他把头沉着地垂下！／
这刻不知道下刻的命／他有泪只往心里咽，／眼前飘来
一道鞭影／他抬起头望望前面。"(引自《老马》)。这首
诗，因为写出了那个年代的中国苦难大众的形象，永远
留在了中国诗歌的画廊中。段光安写的雨夜中的老马，
却写出了另外的一种精神，一种全新的形象，从而引起了
我们的关注："……夜雨淅沥／如鬼魂涕泣／老马蹄
裂／深一脚浅一脚／警觉的双耳一直耸立／车轮还是陷
在滑坡淤泥／后腿一滑跪下／本能的抗争像电闪穿过骨
髓／老马一次再一次挣扎着站起／一次再一次跌下去／
跪着的四腿支撑着／就是不肯卧在泥里／痉挛的腿上滴
着血／背上渗出血／一团火／一团黑火在雨中喷着热气
／颤抖的路／瞬间通往遥远的天际"《雨夜老马》。这
是多么惨烈的抗争，这又是多么熟悉而又被我们淡忘了
的场景。这首诗感动我，因为他唤起了往事。我曾在一
个军马场当牧工，在那个风雨弥漫的山路上，我们赶着
马车，车上拉着一车木材，雷鸣电闪，坡陡路滑，我眼
前就出现了雨中老马的情景，同时，还有我和几个运木

材的同伴。只有向前，绝不能放弃，生死与共，风雨中马与车，雷电里车与人，段光安的诗像火柴，点燃了往事，也点燃了我们内心的不屈和骄傲。

段光安的诗正如诗人自己所说的："诗应当是有思想的灵魂，能超越时空，空灵地活在现在和将来。"诗人笔下的世界唤起了我们的记忆，我们发现那世界也是我自己的家园，这时，诗人得到了知音，诗歌也就成为读者认可的世界而得到另一种时空——诗歌流传的范围和时间。除了这种源自生命的力量，诗歌还需要语言的力量，这就是诗歌语言的创造和发现。读《段光安的诗》我感到诗人在这方面做了不少的努力，《老屋》《回忆是粘的》《办公室的皮鞋》《朋友的木棰》等，都有不俗的角度和构思。有些短诗也展示了诗人营造意境的才能，如《再步老桥》只有两行诗句："行人是缺氧的鱼／待活儿的民工锈成桥头的铁钉"。这两行诗把我们带进了沉闷而凝滞的画面中去！结束这篇短文前，我要再说段光安的另一首两行诗《新潮诗人》："举着时刻会爆炸的心／熙熙攘攘的人群远我而去"。这是从丹柯的传说演变出来的诗，这个变化，也发人深省。丹柯在黑暗中掏出自己火红的心，引领人们走出了困境，成为英雄。丹柯说的是传统诗人的形象，用自己的心点亮人们的希望。而一些新潮诗人确实也真诚地掏出自己的心，那是躁动不安狂暴并随时可能爆炸的心——也许这也是读者远离某些诗人的原因，这是诗人的不幸，还是时代的必然，令人思考。谢谢段光安的这本诗，让我想说这些话。诗集中还有些诗可以写得更从容一些，有些诗题新意不足，但我们看到一个对诗执著并努力求索的诗人提供的成果，我发自内心地为他祝贺！

　　叶延滨（1948—），哈尔滨人。诗人。曾任《星星》诗刊主编，《诗刊》社主编。中国作家协会全委会委员。著有诗集《不悔》《二重奏》《乳泉》《心的沉吟》《囚徒与白鸽》《叶延滨诗选》《在天堂与地狱之间》《蜜月箴言》《都市罗曼史》《血液的歌声》《禁果的诱惑》《现代九歌》《与你同行》《玫瑰火焰》《二十一世纪印象》。文集有《生活启示录》《秋天的伤感》《二十二条诗规》《听风数雁》《白日画梦》《叶延滨文集》等40部。部分作品被译为英、法、俄、德、日、意、韩等文字。

忧郁的宁静

——读《段光安的诗》

雷抒雁

　　段光安不是一个光芒四射、声震屋瓦的诗人。诗坛知道他的人，大约不会太多。

　　但是读了《段光安的诗》，深深感到这是一位有追求有个性的诗人；这些诗章理应获得更多的读者，得到公正的评价。

　　段光安的诗就形式讲，短小、简洁、明亮、生动。既没有晦涩难解的诗句，亦没有概念直白的语言。每一首诗都是由形象入手，引起诗的感悟；而且，大多都能在意象营造的同时，拓展诗歌的意境。

　　段光安寻找到的诗歌意象，都是读者常见的，随手可及的，并不刻意制造陌生。如高粱茬儿、拉拉蔓、枯树、旱田、青麦、苜蓿；还有蝉、蛣蜋、蜘蛛、鹰，各种家畜等等。他善于在这些平淡无奇的形象里，发现别人看不到的意义，寄托自己的情感，让平凡的事物闪射出不平凡的光彩。

　　当今的诗人，常常以猎奇和制造远离常人视觉的形象为荣耀。岂不知写作的才能正如布莱希特所言，就是要在"平凡的事物中发现不平凡"。

　　写平凡易，让平凡不平淡又难。这就要诗人心中首先有不平凡的情感和生活感悟，随时能择机爆发出来。段光安的蜣螂，让人想到那位推巨石上山的西西弗斯："付诸全部的生命／只是推"。《再步老桥》只有两句，却是"行人是缺氧的鱼／待活儿的民工锈成桥头的铁钉"。准确地把握了当代都市的一些世俗场景，让人心灵为之一震。他不铺陈，也不叫嚣，更不在文字上玩弄，只抓住了"缺氧"和"锈成"，人们的形态心绪便一齐跃然纸上。

　　从传达的情感看，段光安的诗，很有些上世纪初日本诗人石川琢木的味道：平静中流淌着淡淡的忧郁。

　　段光安的诗可以看出诗人的心境是超然的，没有物欲时代的浮躁以及追求功利的杂念。他的诗，适合暑夏读，可以清心去暑。这很难得！也许这是因为作者是一位自然科学工作者，诗只是他驰骋情感的自由园地，而非寻找功利的敲门砖。因此，他只尊重诗，只尊重自己的发现和理解。

　　段光安眼光中的景象都是一些残损的、受到伤害和挫折的；而且关于生命的老去与死亡，又不断地撞击着他的心灵。他的忧郁是现代人深刻的心灵孤独和诗人独到的感悟引起的。

　　《骑自行车夜过闹市》，他看到的"人头"是沙漠，看到的自行车是"骆驼"，感觉自己是"深夜独步旷野"，"陌生的脸是墓碑"。于是，闹市之中，居然可以"凝神而立"，"独享这湛然的宁静时刻"。他笔下的闹市，多处都以"沙漠""荒丘"写他的厌恶与逃逸。即使是"鹰"这样被当作英雄、勇士塑造的形象，在段光安的笔下依然是"伤口滴着血／把混沌的太阳染红"。在忧郁中，他又喜欢一种惨烈的悲壮。

这本诗集可以看到段光安的诗歌成就，但也不可避免带着不足。比如对形象的撷取有时过于随便，赋予这些形象的思考又略显牵强。一些一句话诗，又显得单薄，力度不足。但是整体说，这本诗集仍是一部有特色、有质量的诗集。值得一读，也值得在书架上为它挤出一个空间。

雷抒雁（1942.8—2013.2），陕西泾阳人。诗人、作家。中国作家协会全委会委员，2012年5月任中国诗歌学会会长，并担任中国作协诗歌专业委员会主任。曾任《诗刊》社副主编、鲁迅文学院常务副院长。先后出版诗集《小草在歌唱》《父母之河》《踏尘而过》《激情编年》等，散文随笔集《悬肠草》《秋思》《分香散玉记》等。有多种文字翻译诗作发表于国外。

读《段光安的诗》

韩作荣

作为一个科学工作者，一般说来，等于理性、逻辑思维，语言的工具功能大抵是重要的，即注重科学语言的准确、精到，消除概念、逻辑的歧义，去证明、推理，以组成科学的理论系统。可作为一个诗人，重感性与情感、情绪，甚至是无理性的直觉与无意识，与其所从事的科学语言背道而驰，一个人同时从事这两项事业，似乎让人有些不可思议。

可从根本上讲，"语言在某种意义上是人的一切智力的根本"，无论是科学还是诗学，在这个意义上都是相通的，因为"制造"的本质是一致的，如同有人所言，诗之极致便是哲学，或者是数学一样。读段光安的诗，尤其是他的诗集中一些与科学有关的作品，更印证了这一点。

我不熟悉段光安。可读到他的诗集之前，我们曾通过电话，并在办公室有过一次短暂的接触与交谈。他将诗看作生命的内在需要，诗与生命同一，对诗痴迷，这深深地感动了我，故尽管工作繁忙，我还是答应他认真读一读他的作品，遵嘱给他提点儿意见，写下阅读后的感想。

就我粗略的印象而言，段光安的诗是重心灵感悟，重精神表达的作品。他的诗与传统浮泛的抒情有别，极少直抒胸臆，而是多用对客观事物的描述来表现自己的主观感受和思索。他的诗是及物的，努力发掘自己对事物的理解来注释生命、体验社会与人生。

也许诗人骨子里的孤独、高傲抑或是置之死地而后生的表达方式在起作用，段光安的诗中，常常出现一些伤残、破败、断裂的事物。他写收割后的高粱茬，"干硬的根／支撑着残缺的身躯"；他写光秃的树干，"像哑巴截去了四肢"；他写瘦弱的紫花，冷漠的灵魂，以及石缝中的小树；甚至写断层，坍塌的石块……然而，当他的诗笔触及这些事物的时候，有真切的描述，也有真实的情感，没有绝望，都蕴含着希望。他写枯干，却蕴含着新绿；他写老马负重累累，在生存中挣扎，却有着不肯倒下的坚韧意志。因而，他的诗之格调并不低沉，对生命有着健康、积极的激励和勇气。

段光安的诗的另一个特点，是其表现方式的传统与现代的融合。从诗中不难发现，他的诗有中国传统的咏物诗的血脉，但也受到英美意象派诗的影响。诗集中每首只有一二行的诗作，会让人想到庞德的《地铁车站》意象之鲜明，作为"感性与理性的复合体"，且单纯、集中、看得出他借鉴之处。在这样的诗中，没有情感的张扬，诗之主体隐于事物的背后，选取意象元件来组成诗行，更多一些冷静的剖析与揭示，既是内敛的，也是开放的。

我觉得，这一诗集中，写的最好的诗，是第二辑中的一些篇什。

这一辑的内容多与城市有关，写城市与自然的隔绝、城市本身的病症。诗人是素喜自然、与大自然融于一体的诗人，在闹市中依然感到孤独，这是一种强烈的心理感受，难怪他在楼舍的狭缝中赏月，会感到"生命挤于缝隙／一棵棵树扭曲变形"，而他"真想变成风从狭缝飞升"，"而多皱的灵魂却不肯离去"；诗人写出了人的两难境地，灵魂的异化，使诗充斥着张力。诗人在城市中的感受是敏锐的，他写道路的阻塞，"脑袋已过了路口／身子还在这边停留"；写办公室的吊兰，"无力抓住任何东西／只是下垂／瘦成一缕寂寞的丝线"；写皮鞋，"鞋底已经开裂／鞋面的光泽却有增无减"；他甚至将城市看成沙漠和荒丘，把一张张脸看成墓碑。

或许与诗人是科学工作者有关，他一涉及到科学领域的诗，便有了归宿感。集中所写的"科学诗"，应当是他诗中的上品。譬如《家》，他将自己看作是一粒不安的电子，"即使有时偏离／却永远脱不开你"；辟如《黑洞》《把旋转的星际审视》《透过光子我想出了禅》《落荒的状态》等作品，已接近科学、诗学、哲学的同一，视野开阔，相互渗透，无中生有，时出新意，不可多得。这样的诗已挣脱了"意象"的束缚，逼近了一种象征和哲学的境界。对于诗人而言，这是一种升华。

我希望作者能多写一些"科学诗"，这是诗人"得天独厚"的真正的特点，是一般的或者是优秀的诗人都写不出来的诗。集中精力写一批这样的诗，或许作者能从诸多的写作者中脱颖而出，成就一个有别于他人的独特的"这一个。"

2005年9月10日 写于北京

韩作荣，(1947.12—2013.11)，笔名何安，黑龙江海伦人。诗歌评论家、诗人。曾任《诗刊》编辑，《人民文学》主编。中国作协全委会委员。2013年6月当选为中国诗歌学会会长。著有诗集《万山军号鸣》《六角的雪花》《北方抒情诗》《静静的白桦林》《爱的花环》《少女和紫丁香》《裸体》《玻璃花瓶》《瞬间的野菊》《韩作荣自选诗》《纸上的风景》，诗论集《感觉·智慧与诗》《诗的魅惑》，随笔集《圆的诱惑》《另一种散文》等。诗集《韩作荣自选诗》获首届鲁迅文学奖。

梦的碎片，诗的云霞

——《段光安的诗》谈片

张同吾

天津诗人段光安，在诗的原野已耕耘多年，并且已经形成自己鲜明的艺术风格和审美个性。李丽中先生为他的诗集撰写的序言《用生命之指叩击人们的灵魂》，是一篇相当深刻而又精当的论文，不仅阐述了段光安诗歌的特质和品格，而且揭示了诗之真谛。丽中先生说："段光安十分重视意象的铸造，在一首首凝练的短诗中铸造出富有个性色彩，又能体现诗美内在精神的诸多意象。他惯用的意象是水、大漠、风沙、石头、太阳、大海、树、雪、血、古城、石碑等，其意象的构成全凭静观凝视所产生的直觉思维。"而他的这种直觉思维是以其哲学理念、人生信仰、价值取向和审美理想为基石，在如此坚实而开阔的基石上辐射思维之光，正如在万古荒原奔驰《思维之马》："踏上云端／将尘寰俯瞰"，既有快乐又有痛苦，既有幸运又有灾难。

段光安并没有以哲人自诩，而去指点江山普渡众生，他仅仅是"在扭曲的路间／大块大块的思絮／任凭梦的采摘"，只不过他的"梦是矗立的"，是他的人生理想的象征，是他的人格精神的象征，一方面忍辱负重自强不息，一方面冷眼面世自尊自爱，于是"碎梦是刀片／刮着一张张装笑的脸"（《梦的碎片》）。这部诗集最鲜明的审美特征，是饱含着人类意识，闪烁着人性光彩，有时赋予物象以人格精神，有时则以意象营造或表现对生命的坚守，或表现对自由的向往："人流的头顶是黑色的沙漠／自行车是荒漠中的骆驼／仿佛深夜独步旷野／陌生的脸是墓碑座座／车迹脚印被风沙淹没／我凝神而立／独享这湛然的宁静时刻"（《骑自行车夜过闹市》）。喧嚣与静谧、繁华与冷寂、限制与自由便如此相伴相随相克相生，从而构成了当代人的生存特征和心理图像。

段光安的诗长于隐喻和象征，从而丰富了精神内涵。语言简约凝练，且有韵味，如梦的碎片。我希望他保持这样风格，使之更深邃更圆融，使之有尺素天涯之感。

张同吾(1938.12—2015.8)，河北乐亭人。诗歌评论家。中国诗歌学会名誉会长、国际诗人笔会秘书长。著有诗评诗论集《诗的审美与技巧》《诗潮思考录》《诗的灿烂与忧伤》《沉思与梦想》《诗的本体与诗人素质》《枣树的意象和雨的精魂》《青铜与星光的守望》以及诗集《听海》《中秋月》等，有《张同吾文集》七卷本行世。

就像植物的力冲到枝头……

大卫

越来越感觉到诗歌对一个人的帮助，是任何别的东西所不能替代的。如果说灵魂真的像一匹会起皱的布，那么，诗歌无疑是最好的熨斗，可以把那些皱纹给一一抚平了。也曾经想过，如果没有诗歌，会不会浮躁得一塌糊涂？接触过许多热爱诗歌的成功人士，而段光安，无疑是印象很深的一个，这个工科学者，与诗相牵，且成绩斐然。在现实生活中，诗肯定给了他别样角度与思维。诗不能改变生活，却能改变我们对生活的看法，借助诗歌这把梯子，我们甚至可以看到天堂的模样——在段光安的诗里，他的心就是最明亮的天堂——我注意到光安善于思考与发现，他是一个对生活很"敏感"的人，这本诗集里有一些诗，颇有哲理之味，而且有着很独到的表达，这类哲理诗，有着很深的生活浓缩，也可以说在生活的矿石里，光安在搞一种感情的浓缩铀，通过诗之引信，而达到核爆发，那种剧烈的光芒，是白昼的另一种叫法。对于生活，每个人都有不同的感触，关键是你的表达是否准确得无懈可击，深刻得淋漓尽致。蟹蛛守台，很容易被别人忽视，但诗人别具慧眼发现了它，"日夜厮守／只剩下干瘪之躯伏居于台／把自己撕碎／蛛丝延伸且不断展开／展成一张硕大的网／把贫瘠的土地覆盖"，如果这首诗光写到这儿，只是一首平淡的小诗，关键是最后两句，诗人来个180度大转弯，"其实那张网／早已在我们的体内存在"（《蟹蛛守台》）。同样，让我有着新鲜阅读快感的是《某时》，只有短短的两句："我不敢看钟／因为秒针不断地割着我的生命"。时间如白驹之过隙，把秒针暗喻为刀，一个"割"字，道出了人生在世，多少无奈，痛楚，甚至能听到秒针嘀嘀嗒嗒的叫声，像一个溜冰高手，在生活的表盘上，高速滑过，冰刀与冰面相互摩擦，相互磨损。子在川上曰：逝者如斯夫，不舍昼夜。这本诗集里，让人眼睛为之一亮的句子不少，像"行人是缺氧的鱼，待活儿的民工锈成桥头的铁钉"（《再步老桥》）；"总有一种情绪／盘根错节／就像植物的力冲到枝头／生成花蕾"（《落荒状态》）；"历史在他身边玩耍／只是一瞬"（《残碑》）；"突然我抓住一个词／一个鲜活的生物"（《独步沙漠》）……光安的诗有一个显著特点，那就是动词用得特别好，准确到位，像上面引用过的"待活儿的民工锈成桥头的铁钉"之"锈"字，"就像植物的力冲到枝头"之"冲"字，"一双闪烁北极光的眼睛／把周围冻成了冰"之"冻"

字。"碎梦是刀片／刮着一张张装笑的脸"之"刮"字，动词的使用，就好比围棋比赛，关键的一粒下好了，全盘皆活。这本诗集里，还有相当多的篇目给我留下了较深的印象，像《拉拉蔓》《光秃的树干》《初雪》《雪野残阳》《净净的一杯水》《蝉未完成的交响曲》《鹰》《梦的碎片》《朋友的木锤》《搜索记忆》《寻找古城》《沉默，化学的力》《烈日当空》《人啊人》等等。尤其他《关于诗的随感》，有些思考是理性而睿智的，给人许多诗意的启示。

读光安的诗，也想到目前诗歌写作的一些问题，那就是语言缺少个性化。诗歌是语言的艺术（有时甚至是语言的技术），要尽量地少用或者不用我们司空见惯的一些词或者比喻，"语不惊人死不休"虽是强求，但使语言新鲜、陌生化、个性化却是我们要力争做到的。光安对诗歌的热爱让我感动，他肯定会让诗更多地走进他的生活，改变他的生活，生活中诸多场景也会"像植物的力冲到枝头"生成诗的"花蕾"……

2006年1月25日

大卫，本名魏峰（1968—　），江苏睢宁人。诗人。中国诗歌学会常务秘书长。著有个人文集《二手苍茫》《爱情股市》《别解开第三颗纽扣》《魏晋风流》，诗集《内心剧场》《荡漾》等。

"小诗"的"精神体量"与可能性

——关于段光安的诗

霍俊明

　　读完《段光安诗选》，北方春天正在灿然中展开。我的目光停在那两句诗上——"根在幽静的和谐中生长／如父亲的胡须"。

　　段光安也许是一个没有"野心"的写作者，因为他的写作大体集中于精短的"小诗"。面对段光安的诗我最强烈的一个感受或者一个问题是，"轻型"的诗与"精神体量庞大"的诗是一种什么关系？

　　在很多专业读者和评论者那里，这二者很容易被指认为两个截然的阵营。换言之，体量庞大的组诗、长诗甚至大诗、史诗会对一般意义上的抒情诗形成占绝对优势的压倒性力量。这是多年来诗坛的一个惯性误读和对诗歌"体量"的理解。但是，段光安则刚好通过诗歌完成和对应了这一诗学疑问。在我看来，诗歌的体量与诗行的物理长度无关，而是与精神和智性、思想的体量有关。也就是说这种体量是内在化的。有时候一首"小诗"却可以担当得起"大诗"的精神体量和思想重量以及超越个人和时代的内在势能。

在段光安这里，他的诗歌多年来几乎不涉及"庞大"和"宏旨"的诗歌主题。也就是在惯常意义上看来他是属于"轻体量"的写作——轻小、个体、细微、日常。但是这些诗歌却在多个层次上打通和抵达了"精神体量"的庞大。这实际上也并不是简单的"以小搏大"，而是通过一个个细小的针尖一样的点阵完成了共时体一般的震动与冲击。具体到这些诗歌，我提出更为细小的几组关键词。这些关键词不仅是来自于段光安的个人写作，而且还在于这些关键词与每个诗人甚至整体性的时代写作都会有着切实的参照和启示性。这些关键词如果能够调节和践行到诗歌中，诗歌将会呈现出重要性的质素。这些关键词组是"看见"与"写出"的关系，"冥想"与"现实"的关系，"抒情"与"深度"的关系，"个人"与"历史"的关系，"细节"与"场域"的关系，"行走"与"根系"的关系，"纯诗"与"伦理"的关系，"体式"与"气象"的关系，"静观"与"介入"的关系。这些关键词组实际上正好构成了一组组的诗学矛盾。也就是每一组内部都很容易成为写作上的矛盾和对抗关系。而只有优秀的诗人才能予以平衡和相互打通。当然并不是说段光安在每一个关键词组上都能够做到没有缺陷，而是说他的写作让我们提出了这些重要问题。

段光安在谈到诗歌的意象和意境的时候强调现代

性的重要性，这至为关键。因为很多诗人仍然是在古典诗歌美学和农耕传统谱系上来谈论意象和意境，而忽视了现代性语境下现代汉语诗歌的独特"写作命运"。有一部分诗人仍存在时间静止一样的古典幻觉，站在雾霾重重的高楼上抒写已经死去的古典山水和离愁别绪。而只有在"现实"中写作才是可靠的，而这一"现实"显然是语言、修辞和想象力所构成的。日常现实成为诗歌现实需要经过提升、变形、过滤和转换，而这一过程显然是艰难的。所以，这文字中的"现实"和诗人的"现实感"才能够同时抵达历史和当下，使二者能够相互打开、彼此往返交互。在好诗和伟大的诗歌层面来考量，从来就没有只是面向历史的过去时态的诗，也从来没有只与即时性的当下状态有关的诗。在此意义上，"纯诗"与"及物性的诗"，"小诗"与"大诗"，过去时态、现在时态和未来时态的诗歌可以共享一个共时性的结构和装置。而段光安的自足、安静和不张扬的诗歌抒写就打开了很多入口和缝隙。也就是段光安的一些诗尽管是个人的、感受的、想象的，但是它在一定程度上能够向你敞开一个空间。这一空间是精神性的，能够超越一时一地一己的限囿而具有容留和打开的性质。

段光安的诗是对自我生命的唤醒。这直接对应了时间与文字的关系、现实与个体的关系。而只有文字和诗歌能够重新建立起个体与过去、记忆的关系，能够在单向度的时间之路上折身、回望和挽留。正如在荒野的黄昏，在渐渐暗下来的光线和时间之河的寂寂无声中，诗歌打开了久违的生锈的记忆之门。生命在这里现身，灵魂在这里迂回，心象在这里延续。段光安的诗面向自然万有的细部和纹理，能于沟壑和褶皱之处发现自我与外物之间的秘密。这正好回应了诗歌就是瞬间生成的产物——小诗尤其如此，是一瞬间词语和直觉、潜意识、感性、集体无意识以及精神同时被照彻和唤醒的过程。这可能是一个弱小动物的躯体，可能是一片落叶，也可能是未知的神秘，是动植物以及人背后的隐秘部分和不可解释的世界秩序，"人流的头顶是黑色的沙漠 / 自行车是荒漠中的骆驼 / 仿佛深夜独步旷野 / 陌生的脸是墓碑 / 车迹脚印被风沙淹没 / 我凝神而立 / 独享这湛然的宁静时刻"（《骑自行车夜过闹市》）。

段光安确实很注重诗歌的意象营造和现代性的意境渲染，尽管面对的是自然之物，但是更多仍然是自我的对话和倾听，仍然是面对内心渊薮的抒情和生命意识的自我盘诘。在此可以说，段光安坚持的是"小型"的"意象诗"。而在叙事性诗歌全面压倒抒情性时候的语境下，诗歌的戏剧化、段子和场景取代了一般意义上的意象，即使是那些尴尬的抒情诗也很少有人用心去经营意象和词语的细部。那么，段光安的这一"意象诗"就有了重量，也因此持有了精神的重要性和诗艺的重要性。安静的词语下是奔涌的时间和生存的芒刺，只是诗人以一种隐忍、淡然和平静去转换和处理。而正是这种张力的结构使得段光安的很多诗行短小的诗并不"小"，而是具有延展的精神势能。这也许正是"小诗"写作的可能性。

　　"小诗"是一颗可能的种子，它有着成长为各种形状树木的可能。小诗，从来都不是干瘪的稗草籽粒。

　　平心而论，段光安的写作并不是那么"现代"，但是这在一个追"新"逐"后"的时代却恰恰拥有了有效性和特殊性。段光安的诗歌是向下的，他在朴素和日常以及冥想中不断用向下的根须探向了精神的水源，也深深体触到了地层之下的潮湿、寒冷和幽暗。这就需要光芒来照彻！而对于段光安而言，这一束光就是精神的支撑，维系着他整体诗歌写作的基座。

2015年3月26日，4月13日-17日改定

　　霍俊明(1975~　)，河北丰润人。诗歌评论家。中国作家协会研究员，首都师范大学客座教授。著有专著《尴尬的一代：中国70后先锋诗歌》《变动、修辞与想象》《无能的右手》《新世纪诗歌精神考察》《从"广场"到"地方"》（台湾版）《中国诗歌通史》（当代卷）等。主编《青春诗会三十年诗选》《诗坛的引渡者》《百年新诗大典》《年度中国诗歌精选》《年度中国诗论精选》等。

自然情怀，生命意识，渺远之境

——关于段光安的诗

王士强

　　对诗歌界的许多人而言，段光安可能都还是一个不无陌生的名字。对许多熟悉段光安的人而言，他是一个低调、有实力、有自身特色的诗人。这中间的反差不可谓不大。究其原因，段光安距离当下的"诗坛"是有充分距离的，他并不"活跃"、不善"经营"，甚至"过于"低调，他的诗遭遇目前的冷遇似乎也丝毫不足为怪。当然，另一方面，这也许就是他主动追求的结果，是他自己遵从内心所做出的主动选择。就我的阅读感受而言，读段光安的诗是一段颇感意外的历程，如清风拂面，沁人心脾，又如登高望远，豁然开朗。他的诗，是对喧嚣、嘈杂的抵抗，是对庸常、凡俗的拒绝，他以自己的文字构筑了一个充满诗意和诗性、具有无限可能的精神世界。

1

　　段光安的诗离"自然"更近而离"社会"稍远，他从喧嚣世相中超拔而出，主要的是对"自然"、对"宇宙"、对"天地精神"的观照与书写。一定程度上，他的诗即是"独与天地精神相往来"的体现。天地、自然包含着相对于一己肉身来说更为恒常、永久的存在，是与日常的功利化、社会化生存的一种对照，包含了真正的诗意与悲伤。陶渊明曾有"少无适俗韵，性本爱丘山。误落尘网中，一去三十年"的诗句，对于段光安大概也是如此，其本性也是爱自然、爱"丘山"的，在他的诗中，相当的篇幅即是写"丘山"、写自然的。由之出发，他的诗呈现了一种更为切近中国古典的天人合一、物我一体之境界的美学范式。

　　就对于自然的书写而言，段光安更多的是发现而不是改造，他更多的是以一种超乎其外的视角对之进行审视、观察，每每有自己独到的发现，也能够带给读者发现的惊喜。他的诗注重意象的选择与提炼，每首诗往往有一个或几个核心的意象，有画面感，与中国传统的水墨画有同工之妙。《干旱的田野》写干旱："荒芜的土地上／流着火／禾苗是几撮燎过的发须／土地干裂的嘴唇／持久地沉默／只有远方的树／几个绿色音符颤抖着"，一幅形象而传神的图画呼之欲出，其中诸如被火烧燎过的禾苗、如干裂嘴唇般的土地、略带绿色音符的远方的树等都给人留下深刻的印象。《草原风筝》一诗同样很短："草原／天空／绿延伸／旷远淡淡地蓝／一点红／朝阳／是我放飞的风筝"，这里面几种颜色简单而明艳，极具画面感，而最后将初升的太阳比作放飞的风筝，更是具有想象力，生动而传神。《农家小院》一诗只有三行，却有着极为丰富的内容："院中茉莉花白蝶般悠然／篱上牵牛花风中袅袅欲升／燕子衔云瓣糊小院棚顶"，这不禁让人想起西方现代派大师庞德的《地铁车站》："人群中这些面孔幽灵般显现；／湿漉漉的黑枝条上朵朵花瓣。"这里面两首诗在美学趣味上应该说并不相同，但其中意象的运用无疑有着共通之处，也都打开了较为丰富的联想、想象的空间。将茉莉花比作"白蝶"、牵牛花"袅袅欲升"，以及燕子口衔"云瓣"，都非常传神，而在这背后，体现的是一种淡泊、悠然、超脱的生活态度，具有一种和谐之美。段光安的诗也不尽是这种体现统一性的"古典意象"，也有一些传达现代经验的"现代意象"，比如《再步老桥》，只有两行："行人是缺氧的鱼／待活儿的民工锈成桥头的铁钉"。这首诗无疑与上述的《地铁车站》在美学方面有更多的相似性，其艺术手法也很接近，既是现实的，同时又高度隐喻，有着很强的概括性与阐释能力。就诗歌的形式而言，他的诗大多简短、简洁、简单，但这里面同时包含了丰富和复杂，如他在诗学札记《觉诗》中所说："只有简化，才能把有用的东西从大量无用的东西中萃取出来。把事物简化至最直接与生命对应的形式，能用一句话说清楚的，绝不写第二句话。简洁，就像物质提纯或炼铀，体量小却蕴含巨大能量。"

段光安的诗节制，凝练，注重人与自然的和谐相处，注重诗歌内部画面、声音、节奏的协调，颇为接近中国古典的天人合一之境。其有的诗与中国古典诗歌有相当程度的暗合，比如《雪野残阳》所写："几行野兔的踪迹／伸向无际雪野／枯草探出头儿来张望／大地雪色苍茫"颇有"行至水穷处，坐看云起时"的意趣，而《岁尾》所写："岁尾／夜很淡／乡间的小径／静谧如冰／残雪并不耀眼／繁星挂在枝头／那么近／踏着岁月的边缘／踽踽独行／冰裂／我听到了叩门声"也让人想起"柴门闻犬吠，风雪夜归人"的情境。有的诗在"动"与"静"的书写上让人印象深刻，比如《鹰爪的影》写出了一个惊心动魄、具有包孕性的瞬间："草原上／一叶影／缓缓升起下降／平静移动／／奔兔怎会知道／鹰爪的影／是隐蔽的箭弩／一直悬在头顶／／此刻／寂静达完美／一尊青花瓷瓶"。非常有张力，很巧妙，出乎意料而又在情理之中，可谓动静相宜。而《沙泉》一诗则极具动感："沙漠／是一棵被砍伐的巨树／树墩上的年轮疯涨着／涌成巨大的沙泉喷突／像岩浆漫溢／形成一道道深沉的瀑布"。写出了一种壮观的生命景象。此外，段光安诗歌注重画面感、形象性，但同时在声音、节奏上也有其追求。比如，《蝉未完成的交响曲》便的确构成了多重声音的"交响曲"，有如"嘈嘈切切错杂弹，大珠小珠落玉盘"："夏日正午蚱蝉寒蝉蟪蛄／多群奏婉转起伏／甘美的音流潺潺莹莹／若行若止均匀分

布／啄木鸟的木琴不时插入／画眉一段急奏如思如慕／
蝈蝈儿潇洒弹拨吉他／松鼠欢快击打松子手鼓／水蛭敲
叶子的多变节奏／蚯蚓发出一组组微弱的断音符／蝉统
领的巨大乐队／洋洋洒洒演出／蛛网、年轮、蜂房状的
交响"，在此之中"我融于音乐／进入洪荒亘古／看混
沌中的粒子生长／重现物质向生命过渡"。而诗的最后
情境急转，使得声音的节奏完全改变："突然一声枪响
撕碎旷野／蝗群变调的钹声撒向深谷"。全诗的内容没
有流于简单、平面，而是更为切近自然和真实，更有启
发性。如此等等，在对于"自然"的书写之中，他达致
了一种超越、丰富、充满诗意可能性的"天地"境界。

2

段光安的诗写自然，写万物，而其指向则是自我，
是人，是生命。他的诗中有着独特而鲜明的生命意识，
由此体现出了深切的人文内涵。他在《觉诗》中曾说：
"我认为对诗而言，生命意识至关重要，即使一句有最
微小生命的诗，也胜过与我们生存无关的厚厚诗集。每
个生命都是一个艺术家，呈现着生物体中的艺术方式。
所以一朵野花，一片落叶，一声鸟鸣在某个瞬间会使人
激动不已。"他对一切非自然的、戕害生命自然、健康
形态的行为均保持警惕。比如《球茎铁树盆景》："枝
叶／被全部剪下／只剩根茎／滋出／愤怒的芽／结满／
仇恨的疙瘩／喷出的血／正是绽开的花"。这里面所写
的情形颇类似龚自珍的《病梅馆记》，其中所呈现的生

命样态可谓触目惊心,诸如"愤怒的芽"、"仇恨的疙瘩",而"绽开的花"则是"喷出的血",整首诗从反面对健康、自然、自主生长的生命存在形式进行了书写。《光秃的树干》所写与《球茎铁树盆景》非常接近:"锯去枝叶的光秃树干/像哑巴截去了四肢/矗在路边/一声不吭/不能挽留风/雨的触摸已不是快乐的事情/树液含泪不肯滴下/新的枝叶在根系深处/萌生"。万物皆生命,皆有情感,有悲欢,也有情绪与意志,这里面体现着对生命本体的关怀、珍重,以及对"反生命"、戕害生命的行为的拒斥。而与之相反,则是对于自然、本真、健康生命形态的歌赞,如《青麦》中所写:"微风吹过一股泥土气息/一眨眼/青麦站满荒芜的土地/丰盈嫩绿/远处走来几个女孩/跳跃的音符/纳入阳春旋律"。这里有生命的复苏、成长、欢乐,颇为清新自然,这自然也是作者所认可、所欣赏的生命形态。同样,在《我偶然发现一株苜蓿》中所写的苜蓿也体现着生命本身的意志与力量:"在瀚海石砾中/我偶然发现一株苜蓿/几朵瘦弱紫花/几片绿叶/探出头来看世界/纤细的根部石裂破碎/我未听到咔嚓咔嚓声响/却感到生命冲击石头的力"。其中所包含的微小却巨大的力量道出了生命并不显见但却极为普遍的内在奥秘。

　　生命因其有不屈的意志而值得尊敬,段光安对此多有书写,这应该也是其生命意识的重要组成部分。比如其关于《雨夜老马》的诗写道:"崎岖的山路/

在闪电的瞬间才偶尔清晰／夜雨淅沥／如鬼魂涕泣／老马蹄裂／深一脚浅一脚／警觉的双耳一直耸立／车轮还是陷在滑坡淤泥／后腿一滑跪下／本能抗争像电闪穿过骨髓／老马一次再一次挣扎着站起／一次再一次跌下去／跪着的四腿支撑着／就是不肯卧在泥里／痉挛的腿上滴着血／背上渗出血／一团火／一团黑火在雨中喷着热气"。其中所描写的"本能抗争"非常动人，可谓一曲生命的礼赞。《母豹》一诗也呈现了一种极端状况之下的生命本能式的反应："母豹肠子流出／仍回洞喂奶／一步／一步／／举步滴血／一步／一步／／踉踉跄跄／拖出／一条路"。所写同样非常动人，这里面母豹所"拖出"的"一条路"，既可以说是现实的，同时也可以说是象征的，这样的路象征了生命本身的顽强与不可战胜，正是由此，才有了物种的延续，才在极端困难、危机的情况下开拓出了属于自己（和自己种群）的路。《残狼》所写也是生命中的极端处境，"地震后逃离动物园的残狼／像团流体冲过棘丛／似影子来去无声／活灵的双耳只是倾听"。此时它所感受到的是"孤寂"："孤寂笼罩天宇／孤寂充满幽谷／孤寂使它耐不住明月／想仰头长嗥／却没发出嗥声"，如此的孤寂或许才契合生命的本质和根本处境，诗歌表达了一种极为普遍的生命存在状态，"残狼"不只是狼，它可能也是人，是你我。《永恒的天鹅》一诗写的则是两只天鹅之间的感情："雪丛中／一对冻僵的天鹅／高高的颈／任冰雕在一起／不知哪一只不能迁徙／另一只也不肯离去／在此／永恒玉立"。其中的情感关系可谓深情而动人、温暖而隽永，虽然被"冻僵"，但未必不是一种永恒和圆满。而《螳螂之死》则写到了一种热烈的"爱与死"："在血色的豆叶下／雄螳螂在极度爱的瞬间完成自己／被雌螳螂把喉咙扯断／将身体撕碎／吃下去／作为孕育的营养积蓄／爱与死同期而至纠葛在一起／完美而统一／／身体痉挛着／后腿抽动着／在死的震撼中／萌发爱的活力"。这里面同样包含了对生命之"力与美"的礼赞，其中"爱与死"的情态谈不上正确与否，谈不上奉献或是残忍，更关乎在一个更大的范围内生存的需要，关乎生存本身，一定意义上与"价值"无涉。

在《蜣螂》中，他这样写："蜣螂能飞／却很少飞／总是身贴大地／一步一步／推一个浑圆的球体／从坡顶溜下去／再重新往上推／往复不已／付诸全部的生命／只是推"。很显然，这里面不断推粪球的蜣螂与不断推巨石上山的西西弗斯极为类似，或许，作者的意思是所有的生命体在本质上都是一样的，都是徒劳、无意义地推粪球（石头）的蜣螂（西西弗斯）。或者，意义便在此劳作的过程之中，这本身便是意义？段光安还写过另外一个文学史上的典型人物：堂吉诃德，不过这个堂·吉诃德已然是一个现代处境下的堂吉诃德："这病弱老头／每天展示骑士的风雅／穿盔甲／骑瘦马／持剑东拼西杀／刺闹市的酒袋／刺游人围观的灯塔／直刺得／骑士纷纷逃离天涯／／今天他又／闯入剧场／冲进网吧／剑指名流／潇洒"。但是，最后的情形却发生了一百八十度的反转："当出门收费／他咕咚跪下"。
这里面无疑有着黑色幽默的意味，写出了外部环境的压
迫性力量和人格的变形、变异，可笑复可悲！现代人处
于社会机制的无处不在的约束之中，《蟹蛛守台》写蜘
蛛的"网"："日夜厮守／只剩下干瘪之躯伏居于台／
把自己撕碎／蛛丝延伸且不断展开／一张硕大的网／把
贫瘠的土地覆盖／其实那张网／早已在我们的体内存
在"。这里面的网显然是有隐喻意义的，个人既可能是
"网"也可能是"被网"，或者说，我们既可能是"蜘
蛛"，也可能是"猎物"，其间包含了丰富的理解向
度。段光安直视生活中的问题，往往能够发现光滑的表
面背后的裂隙："每天那双油亮的皮鞋／准时挤开门溜
到桌前／无奈在门与门之间周旋／不满，却未敢踏响地
板／鞋底已经开裂／鞋面的光泽却有增无减"（《办公
室的皮鞋》），诸如此类的书写显示了段光安关于生命
意识的认知的深度、厚度与丰富性。

3

　　段光安的诗追求一种空灵、虚静、渺远的境界，
他的诗绝不止于停留在书写对象本身上，而是关联、辐
射到更为广阔、普遍、深邃的存在样态，并达成开放
式、有余味、有回响的艺术效果。尤其值得注意的是，
段光安的诗侧重于营造一种宁静、空灵、恬淡、和谐的
美学境界，这与中国古典诗歌之间是相通的。虽然也有
不少的现代意象、现代技法等，但总体而言他诗歌的美

学趣味与中国古典诗歌之间是暗通款曲的，也可以说是
对于中国古典诗歌美学的一种再发掘、再创造。比如，
《嘉峪关残垣》中，"亘古的石墙阻住了去路 / 我停下
脚步 / 面对一块石头 / 就是打开一本书 / 读页岩 / 残缺
的文字 / 试图译解一个个符咒 / 我触摸坍塌的石块 / 接
触到它的最深层 / 猛然发现 / 四野沉默不语的石头 / 以
独有的方式构成宇宙"。这里面由"石头"及"书"及
"宇宙"，视野宏阔，由自然而文化、文明，有着丰富
的内涵。又如，《圆明园残石》则写道："石头在黄昏
沉默 / 乌鸦降落啄食石头的梦 / 石柱残断 / 又凿剔成石
墩、石碾、石鼓 / / 我注视石头的目光 / 石头高举手臂
托起空寂的恐怖 / 我不敢看无法愈合的伤口 / 和那血凝
成的株株石树 / 我是石头点燃的火苗 / 而后化作一块呼
吸的石头"。这里面同样包含丰富的社会、历史以及美
学、思想内容，诗的最后所表达的接近哲思："时间即
石头 / 石头沉思自己、刺穿自己 / 在我体内生长 / 与我
的根交织在一起 / 一种存在　永恒的存在 / 昭示着什么
又不昭示着什么"。这里所呈现的的确是一种"永恒的
存在"，其中或许包含着历史的悲剧、美学的悲剧，又
或者并无意义指向，而只是一种呈现，如诗的最后所说
"昭示着什么又不昭示着什么"，在艺术上则形成了
一种含蓄蕴藉、言之不尽、回味无穷的效果。再如，
《秋，与诗独处》一诗由小及大，境界高远。秋天是成
熟的、沉思的季节，是与诗独处、与生命本身独处的时
间，其中写道："寻找秋 / 常常走近母亲的坟墓 / 思

念秋／却不敢正视你的尸骨"，"沿着小溪／沿着秋的来路／观墓碑的圣洁／却听到几声婴儿的啼哭"，"秋／融入时间内部／一只悲怆的鸟／黑色的思想出入人"，"秋夜孤独／在细雨中赏花／我的梦融化／精灵纷纷与我对话"。由自然界的"秋天"而进入了开阔、丰富的人生境界之中。

　　出世之想、老庄哲学对于段光安来说大概也具有并非不重要的意义。他的《骑自行车夜过闹市》表达了"入世"与"出世"之间的一种微妙平衡："人流的头顶是黑色的沙漠／自行车是荒漠中的骆驼／仿佛深夜独步旷野／陌生的脸是墓碑／车迹脚印被风沙淹没／我凝神而立／独享这湛然的宁静时刻"。在如此的人流、车流之中，而能"独享这湛然的宁静时刻"，这不能不说是奢侈的，这样的时刻，也正是为诗所独享、体现诗歌之精神的时刻。而从内在的精神气质上，段光安大概是对于老庄思想较为心折，他的精神从深层来讲也是遗世独立、逍遥旷达的。他自己在《庄子》中曾写道："不写诗／八卦平平仄仄与生命吻合／他喂养两尾太极鱼／往来于阴阳相互追逐／庄子／抑或蝴蝶／翅膀轻微翩动／雷雨持续大作"。这里已脱离了物质的、形而下层面的存在形态，而达到了对形而上的、精神的、"道"的揭示。《路德圣地烛光夜祭》则从另外的路径写到了"形而上"："静夜，大片花朵绽放／老人的脸庞／孩子的脸庞／目光亲和相溶／我看见了信仰／晨曦碎云间／浸出柔美的微光／虔诚升起光芒／把黑暗的大地照亮"。

这便是宗教、信仰的力量，它给人打开一个世界，让心灵有所皈依、得到抚慰。就此而言，这样的内容经诗歌表达出来，是对于精神世界的打开，也是对于诗歌力量的一种确证。

王国维在《人间词话》中曾谈及三种人生境界："昨夜西风凋碧树，独上高楼，望尽天涯路。""衣带渐宽终不悔，为伊消得人憔悴。""众里寻他千百度，蓦然回首，那人却在，灯火阑珊处。"段光安在其《王国维<人间词话>三境界》中也用诗歌的形式进行书写："大师行远／寻他／在山间小路／薄雾／看不清远山／有鸟鸣委婉／却不见鸟儿飞过／青草结籽／花儿自乐其间／"可以比附第一重的"独上高楼，望尽天涯路"；此后的"我拾阶而上／走过一个树冠／又一个树冠／／峰顶秋阳真好／普照群山／他家小院矮墙／爬墙虎红绿相间／石屋长满苔藓／我认出那三块条石／叠码成三层台阶／砌于门前／"则可比附第二重的"衣带渐宽终不悔，为伊消得人憔悴"；而"此刻脚下忽见／浮云流连"则是第三重境界的"蓦然回首，那人却在，灯火阑珊处"，他最希望达到的，无疑也是"蓦然回首"，那种诗歌的以及人生的空灵、虚静、无为，那种"不着一字，尽得风流"，无疑也是段光安所服膺、心仪的。由之，他的诗也呈现出了一种别样的趣味与风采：在一个快的时代，它是一种慢；在一个功利、浮躁的时代，它是非功利、超越的、沉实的；它离俗世的蝇营狗苟、滚滚尘埃更远，而离生命本身、离诗歌本身更近……这样的存在于当下社会的普遍状况而言是一种"反动",但这种反动却未尝不是正道、正途。

——自然情怀、生命意识、渺远之境,这三个层面在段光安的诗中并不是对立而是统一的,最多只是侧重点的不同。其所对应的,都是凡俗、庸碌、未明的生活状态,其所指向的,则是诗意、超越、高远、自由。"生活不只是眼前的苟且,还有诗和远方",对段光安而言,诗歌即是他的远方,由诗歌他走向了他的远方,可以预见的是,他将走得更远!

王士强(1979—),山东临沂人,文学博士,诗歌评论家。天津社会科学院研究员。主要从事中国现当代诗歌研究与评论,发表学术论文百余篇、数十万字。学术兼职《诗探索》理论卷特约编辑、《新文学评论》"诗人档案"栏目主持、《诗歌月刊》下半月"诗歌理论"特约主持、《星星》理论版"策划"栏目主持等。

用生命之指叩击人们的灵魂

李丽中

　　中国当代诗坛在世纪之交出现了两种反差极大的景观：一方面，由于商品大潮的影响，和随之而产生的拜金主义、享乐时尚，读诗的人越来越少，写诗的人亦逐渐远离诗坛，有的去写电视剧、写散文，有的去做书贩子，有的或绝望自杀或出国谋生；另一方面，尚有为数不少的人，在商品经济的漩涡里忍受着日益膨胀的物质挤压，仍然钟情于诗，执著地维护着诗的尊严。在所认识的诗的痴迷者中，我发现：他们的生命已和诗凝为一体，诗给他们带来了生活的滋味和活下去的勇气，不可想象，一旦失去诗，灵魂将如何呼吸。本诗集作者段光安即是这样一位执著于诗的人，二十余年来从未放下诗笔。

　　写诗虽是段光安的副业，却占据了他整个灵魂。从段光安身上可以看到：诗的魅力和魔力是不可抗拒的。在诗的天地里，他展示自我生命中鲜为人知的一面，倾斜的心态在这里得以平衡，美好的瞬间在这里凝形为永

恒。沉浸于诗的自足世界里，他听不见物化趋势的喧
嚣，只是悄悄地净化灵魂，默默地舒展着生命的羽翼，
在他所向往的自由王国里翱翔。

　　段光安是天津"七月诗社"的骨干成员。不为名
利所趋，他不紧不慢地写着、改着，然后就寄给诗歌编
辑审阅，发也好，退稿也好，他都不在乎。诗与他共呼
吸，他的诗常常是在下班回家的路上，或者外出开会的
车上构思而成。有所触发时，再忙再累也要开个夜车写
上几行，学术交流会开完了，诗也写出好几篇。每次从
外地返津，他总是兴致勃勃地到我家来，从书包里拿出
数篇诗稿让我看。从他的成熟或不成熟的诗行中，我感
受到潜在的灵性，发现其诗心与现实环境相碰撞而迸发
的智慧之光。有时，他来找我是诉说写诗的苦恼。他曾
走入一个写作怪圈：为了开拓诗的题材，发挥自己知识
所长，于是尝试写工业诗、科学诗；结果，术语连篇，
语言干巴巴，分行排列和押韵的外壳，掩盖不住贫血的
内质。他发觉步入误区，才停下脚步去思索一个大课
题：如何去接近诗本体。在古今中外具有永恒魅力的诗
篇中，他发现了秘密：原来，杰出的诗作并非靠新鲜有
趣的题材吸引读者；自己一向关注的"题材"与"立
意"，并非写诗的本质因素，重要的是能否从任何题材
写出生命，写出与人类相通共感的情思；生命常新，诗
情诗意自会新鲜动人。这一发现使他兴奋不已，写诗比
以前顺当多了，在诗美学领域，他觉得自己登上了一个
新的台阶。

　　的确，能自觉意识到——写诗即写生命，在段光安的创作历程上是个不小的腾跃。

　　台湾诗人余光中建议："诗人们如果能够多读生命，少读诗，或者多读诗，少读理论，或者，读理论而不迷信理论，那就是创作的幸福了。"（余光中诗集《五陵少年·自序》）台湾另一诗人洛夫认为："诗，是一种生命的完成，始在其中，终亦在其中。可以说，诗是一个诗人本身的生命与他所创造的艺术生命的统摄和融合。"（《洛夫诗论选集》）能打动人心、震撼人心的诗，必定涵有诗人对生命的体验与感悟。唐朝诗人陈子昂22字的《登幽州台歌》之所以能成为千古绝唱，就在于诗的抒情内核是人类相通的一种生命情调。诗人隐去了具体的创作背景，将渺小的个人放在"前不见古人／后不见来者"的历史长河中，放在"念天地之悠悠／独怆然而涕下"的大空间去审视，从而获得了超时空的美学价值：个人性升华为普遍人性——人类不能主宰命运的压抑感和痛苦感。艾略特说过："诗不是感情发泄而是逃避感情，它不是个性表现而是逃避个性。然而，当然只有那些有个性及感情的人才知道想逃避这些是什么味道。"（《圣林》）大诗人艾略特这段名言道出了生命与诗融合的关键，在于将个人性升华为非个人性，即普遍人性。

　　段光安在痛苦的思索中渐悟生命与诗之关系。可以感受到，他已在试探着用生命去构筑诗的自足世界，并在他所创造的独特世界里展示人类种种不同的生存状态，以及个人对人类生存命运的反思。从收割后的高粱地里留下的"高粱茬"（《高粱茬》），从滚烫的沙丘上生长的"沙枣树"（《寻找古城》），他展示出人类不屈于恶劣环境的强者精神；身子陷于冰冷的水中，却毫无怨言地支撑着桥梁的"桩"（《桩》）所展示的是人类无私的牺牲精神；中箭滴血的"鹰"（《鹰》），在雨中挣扎奋行的"老马"（《雨夜老马》）展示了人类生存的艰难痛苦；全部生命"只是推"的"蜣螂"（《蜣螂》）表现出一种生存的执著；"岸不肯接纳／将它推向大海／又被海浪抛向岸边"的"贝壳"（《一只贝壳》），"在柜子与柜子的夹缝间／延伸着岁月"的"吊兰"（《办公室的吊兰》）则显示了人类生存的尴尬与无奈；一块平凡的"残碑"（《残碑》），地震后逃离动物园的"残狼"（《残狼》），展示了与生命共存的孤独感和悲剧意识；"我不敢看钟／因为秒针不断地割着我的生命"（《某时》），这是人类潜意识中对死亡恐惧感的表现。

段光安诗作对生命的展现，已深入到人类的潜意识和悲剧意识。读《寻找古城》《海啸》《鹰》《枯河古渡》《螳螂之死》《下葬》等诗，皆能感受到一种悲壮、苍凉的意境。作者在悲剧氛围中展示现代人生存中的迷惘、失落、焦躁、痛苦、孤独、无奈、恐惧、寻觅、奋力拼搏等复杂心态，读者在诗境中体味着自身。

悲壮美是段光安诗作独特的审美色彩，悲而不伤，或给人以温馨，或给人以希望。《下葬》所展示的并非惯性思维——对死亡的哀悼和恐惧，而是具有温馨氛围的母爱的永生："阳光巨大的手指把母亲接过／与自然融为和谐的整体"，"母爱若水""流淌在我的血中／树的根茎里／化作催放花蕾的力"，对生命的热爱远远超过对死亡的恐惧。《螳螂之死》一诗，构思奇特，作者从螳螂交配后，雄螳螂甘愿让雌螳螂吞食的现象，感悟出"爱可以超越生死"，以及"穿越黑洞后重见阳光"这一生命体验。

　　希腊语"诗人"乃"创造者"之意。富有个性的诗美内涵是一个创造，内涵的巧妙表现又是一个创造。段光安十分重视意象的铸造，在一首首凝炼的短诗中铸造出富有个性色彩，又能体现诗美内在精神的诸多意象。他惯用的意象是水、大漠、风沙、石头、太阳、大海、树、雪、血、古城、石碑等，其意象的构成全凭静观凝视所产生的直觉思维。"一道巨大的伤痕延伸着干涸的河床"，"大漠的风沙敲起编钟"。这是《寻找古城》一诗的首尾两句，"伤痕"与"河床"相叠合，"风沙"与"编钟"相组接，产生了"无理而妙"的审美效果，展现在读者眼前的，是诗人内世界与客观外世界相交融的大时空。《枯河古渡》的前两行这样描述："战争已经结束／残阳的血还在枫林上流"，"残阳的血"与"枫林"两个意象的远距离组接，贯通了两个时代，如血的红色，给诗行涂上了悲壮的色彩。《踏秋》诗中用"秋天的泪"这个意象，既具体又抽象，完全从审美直觉中幻化而生，其中蕴含着作者多年的生存经验，难以言说却能使人意会。段光安十分注重诗的意象结构，他常常将直觉思维捕捉到的瞬间感觉，用灵动的意象定型，凝为永恒的美。

清人叶燮说过："可言之理，人人能言之，又安在诗人之言之！可征之事，人人能述之，又安在诗人之述之！必有不可言之理，不可述之事，遇之于默会意象之表，而理与事无不灿然于前者也。"诗论家叶燮这段话，精辟地道出了诗本体个中奥秘。诗是意象艺术，而意象绝不同于形象，它不能通过对形态的逼真摹拟获得，而是诗作者潜藏的生命底蕴，在偶然场合与现实世界的某种物象默会契合后的产物。它是在审美直觉中生成的介乎虚实之间的幻象，这表层幻象，既灌注着诗作者的生命激情，又具备可视可听可感触的动人形态，最能诱发欣赏者再创造的审美思维，从而产生超象显现的审美效果。一首能让读者产生共享空间的诗，定会具有象外之象、言外之意、味外之旨的美感。

真正的诗，是直觉思维的结晶，是诗人通过第六感官（即全感官或超感官的感应）所创造的虚实相生的审美意象，将人类生存经验暗示给读者；而散文则是通过叙述、描写、议论，将作者五官所感触到的实实在在的事件物象传达给读者，从中表达作者领悟到的人类生存经验，或启迪读者思而得之。诗的意象语言给读者带来一步一景的美感，而散文必须至终点方能令读者欣赏全篇之美。

段光安在创造诗美结构时，有意识地汲取现代诗常用的一些技巧，诸如隐喻、象征、通感、变形、时空转换、反讽、词语的反逻辑搭配等。他的诗作，不仅诗质具有现代意识，而且在外观上亦有现代美风格。对中国传统诗艺所关注的藏与露、少与多、情与景、形与神、实与虚等辩证关系，以及诗句的韵律他也精心钻研，期望能增强语言的张力和密度，创造出虚实相生的超象显现的诗境。

诗艺的提高是无止境的，段光安在艰辛的诗之路上的求索亦是无止境的。今天，他创作的优势在于，已初步探寻到写诗之道，并有很强的使命感。他不认为在物质夹缝中挣扎的诗将会灭亡，相反，在高科技时代人们更需要诗。他认为，诗是人与物化趋势相抗衡的良药，唯有在诗中能感到人的存在、人的尊严，唯有诗的洁白无瑕能抚慰人们扭曲的心灵。人与诗相互滋润、相互照亮。段光安对诗的类似宗教感情的执著，其动力即源于上述认知。

卢梭有句名言："人生来是自由的，但却无往不在枷锁中。"诗人生来就是为了让灵魂冲破枷锁，因而，时时刻刻都在灵与肉的冲突中煎熬搏斗，这种搏斗足以充实诗人的心灵。

"少年情怀总是情"，然写诗切不可停留于"少年情怀"。新诗现代化的重要标志是人类精神的解放，诗人只有先解放自我灵魂，方能在作品中全方位地展示人类精神。

大师的作品足以说明：诗美源出于生命之美。诗人的神圣职责就在于不停息地用生命之指去叩击人们的灵魂。段光安正在认真严肃地履行这一职责，相信，随着他对生命阅读的深入，其诗境定会渐渐趋向博大精深。

2001年7月18日 于南开大学

李丽中(1939—)，天津人。女，诗歌评论家。南开大学文学院教授。编著《骚动的诗神》《朦胧诗·新生代诗百首点评》《朦胧诗后：中国先锋诗选》等。

聆听灵魂深处的律动

宗鄂

　　诗人李小雨给我一本《段光安的诗》，嘱我为其写几句优缺点。作者我不认识。一本书上的简介也只有四十来个字，不像有些人趁机吹嘘，若天花乱坠一般。再翻读书中的诗，似简介一样朴实、简约；书后的读诗随感，仍然真诚无华，完全是自己真实的感悟，一点儿也没有哗众取宠的感觉。这第一印象便有了好感。

　　作者的实践与理论是一致的。写诗最忌没有自己独立的主张，追星、追风、追时髦。不分好坏，什么流行写什么，必定盲目、迷蒙，其结果是丢失了自我。找到感觉，定准坐标，有了自己的见解，是趋于成熟的标志。单纯、朴素、简明、沉郁，是段光安诗的风格。他的追求非常明确的："宁愿与众不同，哪怕成为一个有个性的残疾人。""即使撕碎自己，也要成就个性。"这种坚定的表述，也透出诗人的个性。很显然，作者找到了属于自己的一种写作方式，也与我的审美趣味暗合，就是说很对我的胃口。一口气读完，发现几首最喜欢的诗，如：《螳螂之死》《动物园解散的傍晚》《朋友》《破碎的自己》《某时》《寻找古城》《烈日当空》《秦始皇》等。诗中的一些精彩的句子，具有金属般的质感，和来自心灵深处的震颤，让人感觉真实而有力。当今诗坛像这样表现生命的本真状态的诗，感人肺腑的并不易见，而琐碎芜杂，不痛不痒的所谓诗却不少。感情被伪饰，像生命失去了温度。或者越来越难以理解，如痴人说梦。段光安却没有虚加修饰，自然地吐露，又有明确的指向，且耐人寻味。诗的内容也很充盈，有厚度和一定的重量。既有对生命本质和人生的思索与感悟，也有对人格和道德的坚守与呼唤。"我不敢看钟／因为秒针不断地割着我的生命"《某时》。这种生命的紧迫感，只属于有志向有抱负，因而有所作为的人。无形的时间变成锋利的刀刃，生命在不知不觉中被切割。"朝霞是美的／只是一瞬／夕阳是美的／只是一瞬／更多的是烈日当空／养育着生命／又煎熬着生命"（《烈日当空》）。既是自然界的真实写照，也是人类生存的写照。短短几句，语言非常平实，却暗含哲思，容量不小；潜台词隐藏在诗的背后，让读者思而得之，调动各自的联想，提供了再创造的空间。"在你步入沼泽之前／大唤一声——不／在你攀岩的时候／扔下一根绳索"（《朋友》）。在道德缺失、人心不古、竞相追逐金钱的现实中，能有这么直率的呼声和真诚的行为，难道不是一种既平常又高尚的品格？难道不比满纸生理冲动的文字更值得推荐吗？诗中只有形象的启示，而没有理性的说教，精神与艺术的统一，也更具潜移默化的作用。

　　读了诗集前面李丽中先生的文章《用生命之指叩击人们的灵魂》（代序），觉得很精彩，评价十分准确到位。我前面的话显得有些多余了。至于诗的不足，我以为诗人在传达自己的使命感和忧患意识的时候，不免有一些说理的成分，因而过实或直白。前面收录的一些诗稍嫌一般化，内涵欠充实。如《牛》《初雪》《桩》《青麦》等。但我相信作者已经感觉到了，近期的作品正在克服上述空泛的缺点。自我校正是诗人走向成熟的表现。

2005年12月29日

　　宗鄂（1941—）本名寇宗鄂。生于湖北。诗人、画家。中国诗书画研究院研究员。曾任《诗刊》编辑部主任。著有诗集《野蔷薇》《悲剧性格》《红豆》《宗鄂专辑》（诗配画）多部。

他，谱写着生命交响乐

——读《段光安的诗》

骆寒超

近些年来，新出版的诗集数量骤增，我读了一些，但印象大多不深。例外的是《段光安的诗》令我难以忘怀，这大概同这本诗集是一组具有独特音调的生命交响乐，而这种有关生命的抒情又同我的诗美理想很相一致的缘故吧！

这个组曲是从四个方面来对生命存在状态作抒情表现的；说具体点就是：《段光安的诗》是对生命的四大命题作了从生的无奈到美的寻求、再到真的感悟和力的讴歌——这样递进式的系统表现的。

表现生的无奈，在这本诗集的好多篇诗里都有所涉及。大致说，表现现实社会生态中人的无奈感在这本诗集中是多次出现的。不过，这无奈似乎并不引向沉沦，而是诗思在流向生存环境过程中一种反衬式的表现。《办公室的吊兰》是一首借物喻意诗。段光安把

"吊兰"表现为只能"在柜子与柜子夹缝间／延伸着岁月"，借此来比拟现代人只能生存于社会组织机体中而难有属于自己的生存空间。应该说这样一种生存无奈，还只是无奈的表层表现。《把旋转的星际审视》表现了"我"在"膨胀的宇宙"中"沉入物的深底"而"无法逃避"，以致有"熟识的反倒陌生／陌生的反倒熟识"——这样一种错觉产生。这一场生的无奈的抒唱已进了一层。《黑洞》则直指人作为一个物质符号存在于"信息爆炸"时代不得不徘徊于"黑洞"中而"无法逃脱"，困境的生存无奈，揭示出现代文明中"灵魂的影子被拉成丝线／然后化作乌有"的生存危机，这就比前二者深刻多了。但段光安可珍视之处则在于能以"星际审视"的目光去对待生之无奈。因此，他在《螳螂》中把这种无奈看成是西西弗斯式的人生荒诞；在《残碑》中更藉"残碑"来对人生的荒诞本质作了一番"星际审视"，从而看穿了芸芸众生无奈地角逐名利的历史不过是一场场"在他身边的玩耍"，且玩得"只是一瞬"而已。可见他没有让自己的诗思沉湎于无奈状态，而要作超越：如同在《一只贝壳》中那一只"在岸与海之间／无奈地往返"的贝壳一样，期待着"也许一次海啸／会把一切改变。"正是在这里，我们看到了段光安健康的灵魂。

这健康的灵魂使这一组生命交响乐的音域大为扩展了，音调也亮丽多了。可不是吗？我们在这部诗集中因此看到了作者的诗心在向世界开放，诗思在对生命美作寻求。有关这一类作品，诗人大多选取自然景色作题材的。当然，在绿色的季节里寻求生命美可以得心应手，如《青麦》中，荒芜的土地上"丰盈嫩绿"的"青麦"的意象就和这样的意象组接了起来："远处走来几个女孩／跳跃的音符／纳入春的旋律"。这一来，的确给人"尽情展示绿色生机"的感觉。不过，作者似乎更爱在一片肃杀的环境中寻求生命美。《光秃的树干》中，"像哑巴截去了四肢"的树干，却让诗人的灵视发现一道潜在风景："新的枝叶在根系的深处／萌生。"《干旱的田野》写的是"荒芜的土地上流着火"，而"禾苗"也成了"几撮燎过的发须"，但他能透过表层生机的绝灭而灵视到诗境："只有远方的树／几个绿色的音符颤抖着。"这一反衬式的意象组接，所产生的张力强化了生命美寻求的激情。

　　从超越生的无奈到寻求生的美丽，在这部诗集的整体格局中，应该说还只停留于自然物象、社会事象层面上，这对我们的鉴赏来说，一方面值得肯定，另方面又总让人不满足，总感到若到此驻足，还缺乏一点启示我们进入更深更远的境界去的东西。看来段光安自己也意识到这一点了。在《关于诗的随感》中，他就说自己要在创作中去进一步追求一种"呈现出被自然物象遮蔽了的内在的东西——隐藏在物象之后的神秘灵魂"。这一份自觉十分珍贵，是和十九世纪末、二十世纪初盛行于西欧的新浪漫主义美学追求很一致的。新浪漫主义是一股在文学上追求"灵的觉醒"的思潮。段光安欲表现

"隐藏在物象之后的神秘灵魂"其实就是去表现物象、事象上获得的灵觉；或者说以一种特有的超验能力对物象、事象作"星际审视"，而由此领悟到的东西，也就是陶渊明在《饮酒》诗中所谓"此中有真意，欲辨已忘言"的"真意"——我们不妨称之为真的感悟。这方面的诗在这本诗集中所占的分量较多。值得指出：段光安的灵觉能力颇强，以致常会在我们习见的客观对象面前引发"出位之思。"在《荒漠夜空》中，诗人面对星光下的荒原，竟灵觉到"沙石喃喃自语"着"阐释大地"，而"茫茫荒原敞开巨大的感觉之门／将我融入神秘的生命"。《残垣》中，他因"触摸坍塌的石块"而生"出位之思"："猛然发现／四野沉默不语的石头／以独有的方式构成宇宙。"《蝉未完成的交响曲》中，他以特有的听觉欣赏着夏日正午众虫鸟在蝉的引领下发出的一场生命大合唱，竟然使"我融于音乐／进入洪荒亘古"，并在这个混沌世界中看到了超凡奇景："在模糊与清晰边缘／重现物质向生命过渡"，这就既显示着他的灵觉，又显示着他"天人合一"的出位之思。而最能表现他对生命之真的感悟的，则是诗《荒野黄昏》。这首诗前面有一小序，说"我""曾在文化中失去自己"，而今由于"步入荒野，与自然相遇，与生灵互动"，"我又找回了自己"，由此而感悟到"走向荒野的每一步都是向自己的回归"，"探寻自然即探寻自己"并发现"我深思与自然拉开了距离，我不思又与自然融在了一起"。正是在这样的"荒野情结"作用下，他写成的《荒野黄昏》才具有超常的生命宇宙感悟，当"我"处在"温柔的孤独中"，走在"万路背后无形的路"上，就灵觉到万路皆有"灵光飞出"，而"我便是路"，路上飞出的灵光则使自己"触摸到生命的根／我的根"，于是他恍若在"聆听神的启示"了，从而使他

悠悠间
天心
地心
人心
在瞬间相融

段光安的诗也就这样进入了生命宇宙感应的境界了。虽然这一进入还不能说已达到美学上充分的完成，这样那样理性干扰所致的生涩随处可见，但作为一条新浪漫的诗思路子，他是走准了。唯其如此，才使他的诗闪烁着形而上的光彩而不显飘，特具一种因旷远感而生发的诗力。

当然，诗力不是凭空而来的，而出之于生命力。在前面我们既已把这部诗集看成一组生命交响乐，那么为它打底的主旋律则无疑是对生命力的讴歌了。在"五四"初期，郭沫若曾在《生命的文学》一文中提倡过诗歌中对生命力的表现。他说过"一切生命都是Energy（即'力'）的交流，宇宙全体只是个Energy的交流"的话。他还提出过"力的发散"的问题，说："Energy的发散……本人如感情、冲动、思想、意

识。"这种说法是经得起实践检验的。段光安在《落荒的状态》中这样唱"总有一种情绪／盘根错节／就像植物的力冲到枝头／生成花蕾",就是通过力发散为情绪而对生命力的讴歌。在《戈壁树根》中,他赞美了戈壁滩上那些"刺入石头／撑裂石头／又紧紧握住石头"的"一簇簇根丛"。在段光安心目中,赞美这些树根不只因为它们像是"一团团生命之火燎动",这是通过力发散为抗争而对生命力的讴歌。在《寻找古城》中,他表现了一棵在掩埋古城的沙浪中还活着的沙枣树:"在滚烫的沙丘之上／沙枣树的根扭曲着／将生命之水隐匿／像银灰色的火苗挣扎着升腾。"对生命力的讴歌这里通过力发散为求生的挣扎体现了出来。凡此种种都是一种托物寓意,是通过一种坚毅顽强的精神品格的象征表现来讴歌生命力。正是这种抗争求生的精神生命力,在诗人灵魂深处的扎根和把握诗歌世界过程的全面发散,才使他写出了像《厄运来吧,与我同行》这样斗志昂扬地抗争生存命运的诗,从而把力的讴歌组合进现实的社会生态系统中,为这组生命交响乐所追求的生命力的发散推向最高类的审美境界。

　　在《关于诗的随感》中,段光安还说过这样的话:"我认为对诗而言,生命意识至关重要,即使一句有最微小生命的诗,也胜过与我们生存毫不相关的厚厚诗集。"看来,这位诗人通过从生的无奈到美的寻求,再到真的感悟和力的讴歌所显示的生命交响乐式的情韵追求,是充分实现了他自己的诗美理想的。而这,也正是

《段光安的诗》值得我们珍视的一个"至关重要"的方面。

2005年11月3日晚写于
杭州西湖畔栖霞岭下

骆寒超（1935— ），浙江诸暨人。诗歌评论家、理论家。浙江大学中文系教授，中国当代文学研究会浙江分会副会长。著有《新诗创作论》《骆寒超诗论选》《新诗的意象艺术》《艾青论》《中国现代诗歌论》《新诗主潮流》《骆寒超诗论二集》《20世纪新诗综论》等。主编《当代创作艺术》《现代诗学》《浙江诗典（1976-2006）》等。

诗歌为生命代言而存在

——《段光安的诗》读后

查　干

　　"爱是一种永久的信念，不管上帝存在与否，一个人总是因信仰而信仰，也是因爱而爱……"这是罗曼·罗兰说的一句名言。的确，爱是一个崇高的词藻。

　　诗人为什么去写作？因为心中有爱。爱什么呢？是生命。就是动态中的生命和静态中的生命，就是世间万物。

　　有人嘲讽诗人为疯子，对此我一点都不生气。诗人，为生命代言而疯，甚至为生命代言而丢掉生命，古今中外皆有之，我觉得，值。

　　这比那些狂人和伪君子，光彩得多。虽然诗人命途多舛。

　　以上感言，是因为读了诗人段光安的诗作而发的。

　　他的诗平淡叙述中总带一些伤感。是因为他观察到了一切生命的不寻常和被颠覆。

　　台湾诗人余光中早些年就曾经说过："蓝墨水的上

游是汨罗江。"他是要做屈原和李白的传人。

因为屈李二人，一生为爱而写诗，为生命而代言，最终也因为生命而献身，成为一代绝唱。

开读段光安的诗篇时，不知为什么总有这些联想。

光安在《关于诗的随感》一文中有这样一些议论："我认为对诗而言，生命意识至关重要，即使一句有关最微小生命的诗，也胜过与我们生存毫无相关的厚厚一本诗集。诗，关键要让读者感受到冲击，让读者颤抖，一种暗示模糊地走进读者的灵魂。"

他还认为每个生命个体，都是艺术家，执行着生物体中的艺术方式。生命在不断消亡之中保持着她那永恒之美。一朵野花，一片落叶，一声畜叫，在某个瞬间都会使人激动不已。

以上这些议论充分表达了诗人对诗歌艺术的另类见解，他也为此理论着，为此实践着。

诗集首篇《高粱茬儿》就是状写这样的残美生命："静穆／收割后的高粱地／干硬的根／支撑着剩余的身躯／在凛冽的风中／站立／锋利的梗／执著地望着天际／大雁远去。"

可以断言，生命的存在就是苦难的存在。高粱茬儿就是一种凄美生命的存在。诗人通过高粱茬儿在暗示着什么呢？因为得到了诗人的体恤和解读，高粱茬儿这个寻常生命，得到了提升并成为一种象征。

《牛》是一首只有两行的咏物诗："耕过田或拉过车／如今只能被挤奶或宰割"。这种哀婉与愤慨是通过描写牛这个普通生物的一生所表达出来的。表面看来淡如水，实则极富营养，一读就懂，就有联想，因为所写物象不是天外之物，令人摸不着头脑的那一种。

又一位朋友曾经说："诗歌从不需要读者。换句话说，它只需要知音。"这句话的寓意我是明白一些的，然而它跳跃性太大，忽略了一个细节。一个诗人，首先要有读者，而后才有知音。有了沟通才会产生知音。世上没有真正意义上的天才诗人，也没有真正意义上的天才读者(知音)。诗与读者都是在互动中取得信任并渐入境界的。

光安的诗力求精短，以质朴去接近读者，征服读者，效果是好的。

比如《猪》这一首："痛苦的猪无奈地思考／幸福的猪愉快地舞蹈。"这是两种不同的生命体认状态。诗人仅用八个字，就使它跃然纸上。痛苦和幸福，思考和舞蹈，都是相对地存在着。诗人在这里不仅有同情更有批判。我宁愿去饮这样的"白开水"，也不想去饮那些动辄几百行几千行的"百事可乐"。

诗，是唢呐，也是长箫。人世间痛苦多于幸福。在一定意义上诗是为苦难而存在着。诗是良知，所以应该是灯，生命之灯。

诗人段光安为《雨夜老马》而呻吟；为《迷途羔羊》而长叹；为《鹰》之孤单而挥泪；为《童年的河》的变异而唏嘘。

他对友情有这样的定语："在你步入沼泽之前／大

唤一声——不／在你攀岩的时候／扔下一根绳索"。

这里诗人是在说，友情应该是对生命的真情关照，而非利益组合和相互算计。

这首诗似乎不用技巧，实则运用了更高的技巧——真情。意象在这里起到了很好的作用。

我们有一个阅读上的经验主义毛病，即眼高手低。其实朴实无华的诗作，写起来并不容易。

还有一首小诗《残碑》颇具功力："一位断臂老人／冷漠／而风骨犹存／笔锋／像胡子一样苍劲／再激昂的演讲／也打动不了他／历史在他身边玩耍／只是一瞬"。

残碑乃常见之物，没有什么可奇怪的，奇怪的是历史也来它身边玩耍，且又只有一瞬。

这种暗示，很是高超。

在这本诗集里，这样的诗作不少，这或许就是诗人写作上的一种追求。他还有一些科学与诗歌相互提升的诗作，写多了，写精了，也是一个出口。

段光安是一位思想中的诗人，清醒中的诗人。也就是众人在睡我独醒的诗人。物化而繁杂的世象，没遮挡住他的目光。他是寂寞的，他以寂寞之手号住了生命真实的脉络。这种以诗入世的写作状态，犹为可贵。

在目前这个物化的世界里，所缺少的，也正是这样的清醒的歌者。

诗歌，为生命代言而存在，是耶非耶，就请生活来见证吧。

对段光安的诗歌创作，还可以谈很多方面，然而我想，抓住"生命"这二字就足够。

含蓄而丰满，舒缓而更富艺术张力，是我对他以后诗歌创作的期待。

以上就是读后感言，诗友之间常有的一种沟通方式。

2006年除夕夜
北京安外星野斋

查干（1940—），蒙古族，内蒙古扎鲁特旗人。诗人。中国少数民族作家学会副秘书长。曾任中国作家协会《民族文学》杂志社主任、编审。著有诗集《爱的哈达》《灵魂家园》《彩石》《蹄花》《无艳的一枝》等多部。曾出任第二届鲁迅文学奖诗歌评委。部分作品被译成英、法、日、朝鲜、匈牙利、菲律宾文介绍国外。

"荒野之声，悲壮而久远"

——读《段光安的诗》

沈泽宜

诗，灵魂的独唱，以清冽、纯净的芬芳，溢满生命之杯，与他人共享。——我说的是那种珍藏在我们记忆之中的崇高而遥远的诗，它是地球上所有人类共同珍视的精神瑰宝，眼下正处在濒临灭绝之中。

权欲熏心（高校毕业生的首选是做政府雇员，以便有朝一日跻身"官"的阶梯，分享一杯羹）、物欲横流这已无需我多说，"人"这个沉重而脆弱的字眼正在经历着前所未有的异化。艰难执著的精神求索山体滑坡似的蜕变为廉价的感官享受。处在这样一个大语境中的中国诗歌，无论纸质的还是网络的，能书写日常小小悲欢的已属不错，而多数是游戏型、炫技型、道德消解型的写作。诗歌不再以崇高的悲剧意味叩击人心，也不再以净化心灵的甘露滋润日渐干枯、浅薄的人生。它有可能无疾而终吗？这一提问现在已经不再是一种杞人之忧了。

段光安，一个名不见经传的诗歌作者。他既不是主流话语圈的成名诗人，也不是诗江湖一方版图的霸主，却恪守诗人本分，为我们提供了一种似曾相识、久已失传的诗境景观。

忧与痛是段光安诗歌作品的主色调。他与中华诗人族自古以来的传统一脉相承，也跟我们的生存体验、内心感受一线相通。不同境界的诗人可以有不同的兴奋点与创作热区，或者歌颂升平，以肤浅的乐观哗众取宠；或者孜孜于个人功利，是一条先博得名望然后待价而沽的道路；或者着意打造唯美的泰坦尼克号，在触礁之前风光无限，一路招摇；或者从"盛世"中看出危机，从现象中窥见本质，在无光之夜点燃一支支心灵的银烛。所有这些都有理由存在，谁都有权自由选择。段光安选择的是最后一种。

我吃惊地发现诗集中多的是这样的诗题：《干旱的土地》《荒野黄昏》《雨夜老马》《残狼》《破碎的自己》《残碑》《枯河古渡》《戈壁树根》等等。这一个个悲伤的意象苍凉，悠远，残破不全，跟时下脂浓粉溢五光十色的舞台、大红大紫的流行色、豪宅、娇娃、宝马、名家作秀、股市泡沫竟是何等的不同！这是另一个中国。虽不是全部，却是一种真实的存在，贫困，荒凉，承担着历史的重负，与每一位内心焦忧、有良知和社会承担的读者对话。

《枯河古渡》如是开篇："战争已经结束／残阳的

血还在枫林上流／古渡端坐／与枯河相互凝视不知多少春秋"。曾经的清凉、流动与两岸衣冠如今俱已不见，无声地警示人们：岁月无常，荣华已逝，对已经拥有的如果不知珍惜，结局必然是"无言于岁月之谷"。《残碑》更是一首有历史沧桑感的诗：

> 残碑是断臂老人
> 冷漠
> 而风骨犹存
> 笔锋
> 像胡子一样苍劲
> 再激昂的演讲
> 也打动不了他
> 历史在他身边玩耍
> 只是一瞬

"历史"延伸到现在已全然迷踪，不知归路，"再激昂的演讲／也打动不了他"。

段光安选择这些荒凉、暗淡的意象，不是为了玩味它们，而是说出，为了改变，激励人们以生的意志去重整山河；而且这些酷烈环境中的孤单意象本身，就倔强悲壮地存活着。那匹雨夜的老马"跪着的四腿支撑着／就是不肯卧在泥里"；"一支支白茅的火炬／在春风中抖动／把沙岭点燃"（《荒原茶火》）；"戈壁狞厉的风／把土蚀光／又把沙涸净／树只剩根与石共生／刺入石头／撑裂石头／又紧紧握住石头／把石头包容"

（《戈壁树根》）；而最让人震撼的是《螳螂之死》。
雄螳螂为了延续后代，心甘情愿成为雌螳螂的美餐，
"身体痉挛着／后腿抽动着／在死的震撼中／萌发爱的
活力／畅饮死就像酒"。这首诗是对残酷生存法则的新
版解读，写出了弱小生命体在恶劣的生存环境中为物种
延续主动选择的无法之法，用爱化解了残忍和悲惨。远
为高级的人类，在特殊情况下，有时也不得不这样做，
牺牲一个，向死而生。

正是这种从苦难中开发出来的生命尊严和倔强，使
段光安笔下众多贫瘠、枯瘦的意象读来不但不会让人灰
心丧气，反而会激发出勇气、毅力和不屈不挠的乐观精
神。

段光安的诗短小、单纯，但小中寓大、单纯中寓复
杂，较充分地发掘了语言的联想功能。需要注意的是：
有限格局中应当包含更丰富、更复杂的信息。这方面他
已经有成功的例子，在《阻塞》这首中有这样两句：
"脑袋已经过了路口／身子还在这边停留"，信息量可
小可大，启发人们进行超出"堵车"这一日常现象的思
考，切中有良知和感受力的读者心中疼痛与焦忧。因而
《堵塞》具有更大的美学意义。这种经验，值得今后进
一步发扬。

孔子说："绘事后素。"素是什么呢？是一位诗
人的天性和人格操守。段光安朴素、厚重，有诗人的敏
感和科学工作者的求实精神，这是一种良好的素质。今
后，似应进一步拓开视野，同时在"绘事"上狠下功

夫，包括向自己并不喜欢的诗歌风格学习和借鉴。杜甫说："转益多师是吾师。"这句话对诗人段光安来说也同样适用。

2006年春节于湖州

沈泽宜（1933—2014），笔名梦洲。浙江湖州人。诗歌评论家、诗人。曾任湖州师范学院中文系教授，中国当代文学研究会理事，浙江文学院特约研究员。著有诗评著作《诗的真实世界》《梦洲诗论》《诗经今译》等，诗集《西塞娜十四行诗》《沈泽宜诗选》等。

《段光安的诗》评论

刘功业

　　现在生活的节奏很快，或者生活就是一辆越来越快的高速列车。紧张，慌乱，急迫。在快步奔跑奔向经济高地的主旋律里，读段光安的诗，却需要一种缓慢的速度。像喝功夫茶，需要细品的过程。没有朗朗上口，却有唇齿留香。

　　最好有星月相伴，最好有流水山岚。看似小巧精短、跳荡无间，实则甘苦寸心、乾坤洞天。

　　品诗，也是品人。这其实和读段光安这个人一样。看似木讷、矜持的外表，其实熟悉起来聊得也是海阔天空。他的思路常常跳跃，他的话题也常常滔滔。他对诗歌艺术孜孜以求的勤奋与苦修，更加让我感动。他的诗歌总体数量不是很大，但是，每一首，都写得认真，都有着他发自内心的真情，是生活中淘洗的珍珠，闪耀着真知灼见。我把他比作贾岛式的苦修诗人。

　　段光安给我的感觉，似乎永远都是匆促奔波在路上收不住脚步的样子。他开的那辆车子不算有型有款，常有泥土风尘，但是车技可以让人称道。他独步行走的步履不是四平八稳，低头赶路的匆促中也常有眉头紧蹙的思考成分。那些灵动的诗句，常常就在不经意间跳跃而出。从性格本质上来说，段光安不善张扬，静而多思。虽然每次文朋诗友们相聚他都是积极的参与者，但是那种隐忍的孤独感难免会流露出来。工作之余，许多时候，他更喜欢躲在自己的想象空间里，与那些诗的意象恋人般单独对话。比兴、象征、咏物、抒情，乐在其中。把"突然抓起的一个词"，看作"一个鲜活的生物"，渴望着他那些"收集的文字飞上了树 / 绿了许多梦"（《独步沙漠》）"茫茫荒原敞开巨大的感觉之门 / 将我融入神秘的生命"（《荒漠夜空》）。

我从段光安的诗歌中不仅看出他的勤奋，更看出他对诗的热爱。他已不很年轻的身体里，却依然跳动着一颗勃勃的诗人之心。他喜欢广泛的阅读，古今中外，都有涉猎。朦胧诗、印象派、古典主义、现代诗潮，各种诗歌流派、各种诗歌观念，他都积极关注。虽然也有取舍和评判，但是对他更多的似乎是学习和滋养。

他善于从日常的生活情态中捕捉灵感，抓取意象。楼前的白蜡树、城市老桥上的民工、办公室的吊兰，都能触发他深刻的诗思，独到的感悟。他从朋友相聚的烟头火光，能看出世情冷暖。他从办公室的那双皮鞋，"在门与门之间周旋 / 不满，却未敢踏响地板 / 鞋底已经开裂 / 鞋面的光泽却有增无减"（《办公室的皮鞋》）。表面写的是皮鞋，实际写的是在机关里工作的小公务员的无奈与卑躬。他也有苦闷：从楼顶的缝隙中一轮被挤扁的皓月，慨叹"生命挤于缝隙 ／ 一棵棵树扭曲变形"。被扭曲的何止是树，更有那"不肯离去"的灵魂。"真想变成风从狭缝飞升""岁月静止 ／ 又来去匆匆 ／ 不动声色 ／ 已人去楼空"（《狭缝中赏月》）。

段光安的爱情诗，以物喻情，有一种刚性的凄美。如《螳螂之死》，在自然界血色的豆叶下，完成了雌雄交配的雄螳螂会让雌螳螂把自己撕碎，当作食物，作为孕育的营养积蓄。螳螂这种不惜"泯灭自己 ／ 与所爱融为一体 ／ 爱与死同期而至纠葛在一起"的生活习性，追求的是爱与生命的"完美而统一"。

他写"利爪钉入岩峰"的《鹰》，是我比较喜欢的一首小诗。"一双闪烁北极光的眼睛 ／ 把周围冻成了冰"。简洁、明快的语言，准确生动，极富穿透力。

段光安的诗，多是短章，几乎都不长。三五行、十几行，过三十行的不多。《亘古的语言》一首，是唯一达到四十行的诗。真正的好诗，不以长短论。而精美的短诗，当然更受读者所爱。

"诗，应当是有思想的灵魂。"段光安如是说。

段光安对诗歌语言有近乎苛刻的追求。他的语言有硬度，有质感，跳跃性大。但是，有的过于刚直，少了打磨。诗人的思想，如果能再刚柔相济一些，注意传达和抒情方式的变化，则就更有味美之思。

诗强调自然，怕过分营造。但是，从某种意义上说，诗又需要营造。没有营造不行。在段光安的诗中，巧妙的营造，常似随手拈来，在不经意之间，诗美诗境化然而出。诗也需要打磨，打磨不是过分的雕琢，而是必要的修改。打磨语言，打磨诗歌本身，不但是一种艺术的技巧，更是让诗歌的阳光照亮平凡生活，把俗常人生提升到艺术高度的必然过程。

最近，读到段光安的一组新作，都是一些精短的小诗。其中，有一首写道："沉下去的是泥土，长出来的是植物。"这个"沉下去"与"长出来"，就是把俗常人生提升到艺术高度的过程。

刘功业（1956—）笔名若夫。山东淄博人。诗人、作家。天津作家协会主席团委员。著有诗集《星星海》《若夫诗选》《雨茶》《对海当歌》《错位》等，散文随笔集《寻找湖泊》《天凉好个秋》《南昆壮歌行》等。

诗象意象盎然且充满张力

——读段光安诗歌杂记

雷福选

　　我读诗好品，一首好诗，我要品读整晚。始终沉浸在愉悦中，感知惬意、感知物我两忘的情境、独享精神的快慰的同时，被一种妙不可言氛围笼罩，被这弥漫开来的诗意陶醉……我会失眠且挥之不去……

　　自认为：好的味道，只有细细咂磨，才会唇齿留香……

　　自认为：好诗应是印象深刻。状物达意要准确，要有"出其不意且又意在言中"，要物象、诗象、意象交融，诗意要鲜活，诗的张力要像箭矢一样冲击心弦，不仅灵动而且共鸣共振如高电荷之光，放出光芒……

　　段光安的诗读后，我有此感悟。

1

　　段光安的诗，沉郁、坚硬、深邃中极富意象美。《收割后的土地》《高粱茬儿》《荒野黄昏》《干旱的田野》《光秃的树干》《拉拉蔓》《湖边画晚》《青麦》《桩》等等，油画般的意象中，浓浓的、深深的、重重的，有棱角，有硬度，诗意隐于物象的身后，既内敛也张扬，灵动之光，闪烁出超越时空的意象之美。如："干硬的根／支撑着残缺的身躯／在凛冽的风中／站立／锋利的梗／执著地望着天际／大雁远去"（《高粱茬儿》）；"土地／母亲的乳房一样干瘪／一棵枯树在寒风中摇曳／根在幽静的和谐中生长／如父亲的胡须"（《收割后的土地》）；"一年四季劳作的父亲／弯曲的身影／在夕照中／模糊成拉拉蔓／此刻／有一种隐痛难以触摸"（《拉拉蔓》）；"荒芜的土地上／流着火／禾苗是几撮燎过的发须／大地干裂的嘴唇／持久地沉默／只有远方的树／几个绿色音符颤抖着"（《干旱的田野》）等等。见景生情，迸发出浓郁的诗意，个性化的独特感悟，在营造意象的同时，超然的本真彰显出震撼力量，感知到诗人灵魂深处的坚硬质感和咏述的律动……

段光安的诗紧紧抓住目力所及的瞬间，一景一物，延伸出隽永的情境，自我追问的果敢，那"恩怨""宽恕""命运"……潜藏着一种阅世后"沧桑与感慨"彼此渗透的生命感觉……诗意在当下和形而上之间行走，置身其中，超越具体时空之外，感受到生命疼痛与呐喊……

段光安的诗情感寓于理性思考，一个个精准的物象，结晶出人生、世道、本我的感悟又自然而然地融入意象的空间，看似信手拈来，其实情理之中，引申出深邃的视野，弥漫着意象之外并且机敏地拎出眼泪流往内心的拷问……

2

段光安的诗个性独特，语言凝练、准确，意真极富诗象美。《残碑》《雨夜老马》《枯河古渡》《戈壁的树根》等等很耐读……透过"残碑""老马""枯河""古渡""戈壁""树根"等等司空见惯的物象赋予精准诗象，不但使诗意开光知性，而且拓展了真实有力的质感，内容不仅充沛富有张力，诗的厚度、广度更外延多意。诗象不仅大气、硬气、灵气，更蕴含着新鲜且丰富的诗性寓意。

段光安的诗个性鲜明，有别于类型化、媚俗化的滥情，而是在整体浓郁的情感氛围中，真实真切地融入自身本真感受、生命独特的体验、灵感的触发以及内心的自省和救赎的觉悟……

段光安的诗语意清晰，有硬硬的质感。不仅个性灵动，而且彼此也内在观照。"沙石喃喃自语"、"茫茫荒原敞开巨大的感觉之门／将我融入神秘的生命"（《荒漠夜空》）；"猛然发现／四野沉默不语的石头／以独有的方式构成宇宙"（《嘉峪关残垣》）；"我融于音乐／进入洪荒亘古"（《蝉未完成的交响曲》）；"残阳的血还在枫林上流／古渡端坐／与枯河相互凝视不知多少春秋"（《枯河古渡》）等等。

段光安的诗个性化的气息在明暗隐喻间穿行显得本真与灵动，经过锤炼又好像喷涌而出，丰富得有些单纯，隐喻中有些多意，真切中有些哲理……

段光安的诗，诗象很美。不仅仅诗意个性张扬独特新颖，而且在诗句的炼字炼意上用心用力。"日夜厮守／只剩下干瘪之躯伏居于台／把自己撕碎／蛛丝延伸且不断展开／展成一张硕大的网／把贫瘠的土地覆盖／其实那张网／早已在我们的体内存在"（《蟹蛛守台》）中的"撕碎"，"我不敢看钟／因为秒针不断地割着我的生命"（《某时》）中的"割"字，"行人是缺氧的鱼／待活的民工锈成桥头的铁钉"（《再步老桥》）中的"锈"字，"总有一种情绪／盘根错节／就像植物的力冲到枝头／生成花蕾"（《落荒状态》）中的"冲"字，"历史在他身边玩耍／只是一瞬"（《残碑》）中的"玩耍"，"一双闪烁北极光眼睛／把周围冻成冰"（《残狼》）中的"冻"等等无不是使"意"萌发"新"，"道人之所不道，到人之所不到"……

段光安的诗不是硬缘文生情，而是真情实意使然。他的诗在用词"新""准"上很见功夫，诗象美不是卖萌，他更注重"出新"，注重深化诗意。他更注重将他的高深的感悟与精准的诗意相吻合，互为表里，相得益彰……炼字是炼意，字用好了，意也就真了……

3

段光安的诗，不仅仅冲击视觉，它的张力，它的独特视角下的景物、情境，使他的诗具有了直指人心的精神动能。似乎诗所表达出的意义本身与生存的思考、生命的救赎、精神的图腾息息相关……

段光安的诗，是绽放的，也是沉郁的，有时是"灼伤"自己，也要坚守，做"个性独特的垦荒园丁"，力求唯美，打造精品……

段光安作为一个诗人，并非在世外桃源做个隐者，而是他的歌唱，重重地拨动心弦，让眼泪流往内心，洗涤生命的尘埃……

近年来，诗界愈来愈关注段光安的诗，他的诗有意味：情境清澈又有着灵魂内凝的漩涡，生命本真的觉察、揭示，让心灵的照面有了更深、更广的意义……

2015年12月

雷福选（1958—），天津人。诗人。七月诗社社委，写作以诗歌为主，兼有散文等。

小镜框里的大风景

——读段光安诗24首

颜廷奎

我和段光安有缘。1985年我转业到百花文艺出版社的时候，他在"百花"的一个亲戚介绍我们相识，成为诗友。他对我是信任的，常拿诗给我看。现在又邀请我参加他的诗歌研讨会，我有一种被信任的幸福。

三十多年来，我读段光安的诗，总是很匆忙，很粗率，很像是才露尖尖角的小荷上的蜻蜓，刚落上去，就被风吹走了，未曾咀嚼和体会。所以，只留下朦胧的好感。好在何处，怎么个好，就说不出来了。这次接到电话，我就翻开《天津诗人》2012年春之卷第8页，段光安的24首短诗，我的感觉，就像是在段光安用积木搭建的诗的房子里秉烛夜游，既有迷途无路之惶惑，又有曲径通幽之豁然。这些诗，不是刚出山的小溪，能够一眼见底，也不是浩瀚的海洋，一眼望不到边。这是铺展于平原上的众多溪水汇成的未被污染的江流，清冽而有深度，纵深而有广度，平缓而有力度，朦胧而有亮度。而它的内核，是一颗充满智慧、长于思索、闪烁着理性光辉的灵魂。

　　段光安的24首诗都很短。在我看来，一首首诗就像一个个小镜框里镶嵌的风景画，精致、典雅而韵味深长。《落荒的状态》《空白》和《初雪》可以相互印证来读。如果究其本意，大约是以自然的景物模拟自己的写作状态。动笔前，总是一片空白。漫入这一片空白，写作开始了。这时候，就像植物的力冲到枝头。花蕾还没绽放，积雪还没融化，长夜还没醒来，地火还没喷发，这是多么激动人心的时刻。它是饱受煎熬的漫长的痛苦，又是即将分娩的瞬间的喜悦。空白，一张白纸，一片雪地，"不管前人怎么走过／咔、咔、咔／踏上自己的脚印"（《初雪》）。艺术就是在空白上的我行我素，尤其是诗歌。如果扩而言之，空白，何尝不是战士冲锋前的寂静，或者，一条河流在大坝前蓄势待发的停顿？有才华的诗人在创作前，永远是空白，因为他不愿意重复自己，也不愿意让懒惰操纵电脑，搞那些模式化的表达。

　　《本源》一组诗，七节，七个小镜框，七幅雨中的大自然的风云图。我喜欢它。它不是简单的描摹，而是由此写出独特的感知、体验和情怀。读这些诗，犹如读古人的绝句，齐白石的题签，让人在惬意中享受与震撼。"雨打心壁／激起向上的心绪／春天的草儿钻出大地"。诗人的欢快之情溢于言表。他甚至感到"昆虫飞起／鸟儿飞起"，生命在这里飞起的快乐。在这种心绪下，他似乎看见雨天湿地并非都是磨难，闪电划开乌云的缝隙，希望之光已经点燃。蚌磨砺出珍珠，梦溅出彩霞，连"月亮这口玉碗"也"空得那么圆满"。《本源》实际上是在一定的情境下生命感知的极限，是佛学里的顿悟。它瞬间即逝，所以才显得无比珍贵。诗人用自己的语言把它记录下来，我们才听到诗歌女神的足音。

诗人的那几幅人物肖像也画得好。鲁迅写人物强调画眼睛。段光安是画骨头，而且入骨三分，我们所熟悉的堂·吉诃德，他是怎么画的呢？"穿盔甲／骑瘦马／持剑东拼西杀"，那是古代亡灵的昭示，而"闯进剧场／冲进网吧／剑指名流"，却是勇士的复活。复活的勇士又复制了往昔的悲剧："当出门收费／他咕咚跪下"。骨头的弯曲又使灵魂受到莫大的耻辱。古代与今天，一根历史链条上的两个环节，堂·吉诃德式的悲剧依然继续，未来也就可想而知了。这不是悲观，而是看透了时世的达观。它的嘲讽意味是无可挑剔的。《团泊洼秋天滴血的残阳》使我联想到了诗人郭小川，不但画出了诗人的铮铮硬骨，而且触及了他的心脏和脉搏。我认为，段光安的笔尖涌流着郭小川的热血，他的文字才闪烁着血色的悲壮。滴血，渗血，流血，喷血乃至四溢，这一连串血的诗行，没有血腥味，反而让我们闻到仁人志士鲜血的芳香。正义的血不会白流，正义的血不会断流。血沃中原肥劲草，寒凝大地发春华。我读段光安这首诗越发感到诗人的责任，真正的诗人不会与社会的丑恶现象同流合污。

　　这些年来，段光安一直以写短诗为主，渐渐形成了含蓄、凝练、精致、唯美的风格。他总是用出人意料的笔触，把时空浓缩；用象征和隐喻，把意图掩埋。但又给你一孔光亮，透漏出一些端倪。因此，他的诗耐读而且不难读，只要走进去，咀嚼、品味，就会发现他给你的想象空间真是太大了。小镜框里的风景，是大风景。

2013.10

　　颜廷奎(1943—)，辽宁人。诗人。曾任百花文艺出版社文学编辑。著有诗集《五片枫叶》，散文集《牛背上的黄昏》等。

赏析诗人段光安的几首短诗

深耕

闲来读了诗人段光安先生几首短诗，极是喜爱。诗中有画，画中蕴情，一种美，一种格调，在脑中再也挥之不去。

一、美诗如画

诗，讲究一个"美"字，美是诗的第一要素。现在有些写诗的人，写诗很是较劲，有意无意中把简单写复杂了，把浅洁写深奥了，仿佛不如此，不足以说明自己是个有深度的诗人。其实，这是功力不到使然。

内容激烈的诗歌读来固然使人怦然心动，但也很容易时过境迁，空留"曾经读过"于怀。所有激动都是暂时的，只有耐得住品味的东西才可经久。

诗中有画，画中有情，虽不激烈万分，却味道隽永。段光安的短诗《草原风筝》，就有这种魅力：

草原
天空
绿延伸
旷远淡淡地蓝
一点红
朝阳
是我放飞的风筝

　　短诗只用了二十五个字，就把草原幽远的景色呈现
给大家。诗中的美图，看似不过是诗人随意点染几笔，
其实这种貌似无意间的笔触，正体现了诗人的匠心独
具。一首诗的美，不是轻易就可以呈现出来的。我们读
一首诗，之所以能感受到诗美，那必然是诗人对不同的
景和意，做了恰到好处的取舍。

　　如在这首小诗中，"草原""天空"，高与低形
成的空间感；"绿""蓝""红"，由浅至深的色彩层
次变化和"红"与"蓝""绿"的相互反衬；高空与
草原之间飘悬的"一点红"，对视觉的冲击；"绿伸
延""淡淡地蓝""放飞的风筝"中的静中有动，动中
有静的微妙变化；尤其是"蓝"字做动词使用，让蓝色
在视野极目处慢慢浸开，就有了草原的廓朗和简明。诗
的尾部两句"朝阳／是我放飞的风筝"，立现诗人的感
怀与胸襟，却不像有些诗人，一写到豪情处就大喊大
叫，说些游离镜像依托的狠话。此处诗人写得也很壮
怀，情与景却是那样的协调。这是诗人的点睛之笔，使
整个画面生动起来，既点画出草原的旷远，也表达了诗

人的情怀。这不是诗人的虚妄和自大似的豪气，这是诗人对草原的无限赞美。

这首小诗看似简单，好像诗人随手写来，没有此文浅析的那样复杂 。但是，一首诗"美"的动人之处，必然有其美的要素和规律在起作用。我想，诗人写出这首小诗，虽然不会如此刻意，但那种笔随意到、意随笔出的美学修养，定是诗人多年修为的结果。

二、具象、意象、意境之统一

诗人段光安说：燃烧意象，萃取意境。其实，这是对诗歌艺术的高层次要求，也是对诗歌艺术的本质认知。诗人短诗《鹰爪的影》的表现手法，就很好地阐释了这一认知。

> 草原上
> 一叶影
> 缓缓升起降落
> 平静移动

这是短诗的第一节。一幅画面的具象描绘，虽然还不能完全体现出诗象的准确蕴意，但由于诗中有对草原上空鹰影的描述，于是读者就可借此展开对草原的想象。接下来是此诗的第二节：

> 奔兔怎会知道
> 鹰爪的影
> 是隐蔽的箭弩
> 一直悬在头顶

　　这也是一幅具象图景，但诗人的诗意在此景中已尽显无遗。由此，连带第一节的具象图景，其"象"也有了"意"的内涵。鹰的无声威胁，兔的浑然不觉，箭弩般利爪的隐蔽，高悬于头顶的生死瞬间，这一切的一切，难道只是诗人在简单地描绘自然景观吗？

> 此刻
> 寂静达完美
> 一尊青花瓷瓶

　　以上是第三节，也是诗的最后一节。其新鲜的诗意突如其来和诗笔绘图的戛然而止，使人猝不及防，让读者的感情认知，由对自然的辩证思考，猛然跳到对人为艺术的思考；从一个动的画面，转到一个静的画面，使自然界弱肉强食的现象——以及就此现象对现实社会产生的联想，一下化进人为制造而产生的"达完美"的"青花瓷瓶"的艺术感受之中，将诗人深刻认识到的残酷的生存现象，以欲言又止的艺术表现手法呈现出来，达到"放""收"有度，让至高无上的艺术瑰宝"青花瓷瓶"对照、间或反讽"隐蔽的箭弩"，由第一节的具象，转化为第二节的意象，进而升华为第三节的意境，正像诗人所云：搭建具象之柴薪，"燃烧意象，萃取意境"。

一首好诗，往往是具象、意象、意境的三者统一，很少拖泥带水。段光安的诗歌，就有这一特点：干净利落取象，三言两语点意，突然笔锋一转进入意境。读这样的诗，怎是一个"爽"字了得！

三、诗歌的简约之美

诗人段光安的短诗《湖边画晚》，写得美，也写得妙。妙就妙在，既可理解为"画出湖边美丽的傍晚"，也可理解成"湖边的傍晚像画一样美丽"，好像两者区别不大，其实细析，两句话还是有较大的区别。区别就在于，前一句像摄影，后一句似录像；前一句是静的画面，后一句是动的场景。一个诗题就能生发出两种不同的思索，这诗就有了意思。

我年青时曾作为城市干部，参加过乡下秋收支农劳动，晚饭后就时常坐在村头土埂上看西天的晚霞。常有霞色幻化诡异、霞云形态变化万千之时，只是还没有见识过如鲤般的霞云。这次在段光安的诗中终于见到，算是开了眼界。

我欣赏此诗，犹如抱膝坐在湖边，远看对岸天际晚霞，仿佛不如此，就失缺了应有的况味。

天边搁浅几尾彩鲤
鳞片绚丽
（《湖边画晚》）

赤橙黄绿青蓝紫，天边的彩鲤到底是啥个颜色？诗人没说，简约之笔只写了"鳞片绚丽"，因为诗笔着色的重点不在于此，彩鲤如何绚丽？读者可任凭想象。

颤动

颤动

颤动成

泥鲤

灰鲤

墨鲤

（《湖边画晚》）

三个"颤动"的连续使用和三尾"鲤"的依次色变，我想，这里既有自然的真实性，也有诗人感觉上的主观性。"颤动"是真实的，但"三个连续颤动"，是诗人为三尾鱼特意安排的排比句，除了彰显"颤动"与"鲤"有所关联，也为了诗的形式美。三组动词的本身，没有明显的递进关系，真正让人感觉到"彩鲤"颜色变化的，不是由于使用了动词"颤动"所致，而是因"泥鲤""灰鲤""墨鲤"递次由浅色至深色的渐变，才使读者得以感知，诗人让三组名词起到动变的作用，意简言赅，张力无穷，文字简约如此，真是惜字如金！

蝙蝠织网

把鱼网去

（《湖边画晚》）

夜色渐浓，有蝙蝠穿梭；霞消"鲤"潜，或隐于湖，或融于夜。一切归于平静。

此诗如同画中小品，薄墨淡彩之中，描绘的虽是自然之美，折射的却是诗人的生活态度。

四、诗情在画面流动

短小精美，结构严谨，节奏明快，是段光安诗歌的艺术特色。而诗人对生命意义的深度思考，似乎在每首诗中都有表现。他的诗图画感很强，意和象的完美结合，反映了光安深厚的诗学修养。

如他写有母亲的两首诗：《下葬》和《旷野二月兰》。这两首诗都有一个共同点，就是从感情发轫，让神经的探须触摸、选择有利于情感抒发的物象，进而使感觉进入幻觉。为母亲下葬，场景就发生在眼前，而诗人却产生幻觉，母亲：

> 像露珠缓缓落地
> 化为气冉冉升起
> 大地合拢手掌轻轻捧住
> 再向太阳奉上去
> 阳光巨大的手指把母亲接过
> 与自然融为和谐的整体

阳光托起母亲，母亲晃若升天，这一神圣的幻化过程，使读者仿佛在近景参与，又仿佛站在远处肃穆地观望。从近景到远景，整个画面的扩展和幽深，很好地表达了诗人内心的感情。

再如《旷野二月兰》。二月兰与母亲联系在一起，这本身就让人有种魂牵梦绕的感觉。把二月兰盛开的场面拉近，推远，再推远。从坟上的二月兰小面积的茂盛，到漫坡遍野，再到大漠天边，其实，二月兰就是诗人思念母亲的幻化，当然也可以把二月兰幻化成母亲。由近及远，由小及广，由感觉到幻觉，深深的思念就这样在这首诗中回旋。

段光安的诗很讲究一首诗的整体意象，不纠结一句一节意象的高深，如《雨夜老马》《山中落日》《残碑》《烈日当空》《鸽群》等等。这样的诗很多。

段光安很善于抓住一瞬间的感觉，寥寥几行，绘出一幅画面，读来却意味深长。

读他的诗就像饮美酒，回味无穷，需慢慢感受，不可豪饮。

他的诗洁净、透亮，没有当下诗坛时髦的浮躁和故作高深的乱句，却充满了智慧。

总之，我爱读段光安先生的诗，这样的诗在当前的诗坛并不多见。

改于2016年5月18日

深耕（1954—），本名马来村。天津人。诗人。七月诗社常务副社长。曾任《诗人报》执行副主编。著有诗集《深耕诗选》。

诗意画笔的皴染

——读《段光安的诗》

张智中

捧读段光安先生的诗集《段光安的诗》，如同走进一个长长的画廊，从《高粱茬儿》到《残狼》到《残石》到《干瘪的灵魂》：画卷，纷呈。

"现代诗就像立体画一样，只有看得入了境，一个完整的立体画面才会呈现眼前。从而把一些不想关的意象连接得那么自然，浑然一体。哲理贯穿于和谐的气氛中，这画面后还有更深的意味。也许这就是诗艺吧。"（《段光安的诗》，作家出版社2004年4月第1版，第165页。）诗人在《第五辑 关于诗的随感》中，对新诗如此述评。

这，我以为，该是解读段光安先生的诗的要领。

静穆
收割后的高粱地

干硬的根
支撑着剩余的身躯
在凛冽的风中
站立
锋利的梗
执著地望着的天际
大雁远去
——《高粱茬儿》

　　"这首诗作,基本奠定段光安诗歌的风格。诗坛少见的一种凛冽、风悲之声的美。粮食已经走远,茬儿作为在大地上存留的间隙被诗人捕捉、定格。这是庄稼的废墟。在这首短诗里,词语之简洁之干净,令人惊心,但动词和名词却又充满丰富的表情,整首诗可听到风声、远去的收割声、雁鸣,看到无声的泪在地上、天间打转,意境浓缩而最后又被大雁拉远变阔。"(李小雨《秋碑上的落日余晖——读〈段光安的诗〉》)
　　开卷,《高粱茬儿》便以立体的画面,震撼着并震撼了,读者的心灵。"锋利的梗/执著地望着的天际/大雁远去",此时的《高粱茬儿》,显然被赋予了充分的灵性。深邃、辽远、静穆、悲壮的画面,似将陈子昂的《登幽州台歌》贯通。

锯去枝叶的光秃树干
像哑巴截去了四肢

蠢在路边
一声不吭
不能挽留风
雨的触摸已不是快乐的事情
树液含泪不肯滴下
新的枝叶在根系的深处
萌生
　　　——《光秃的树干》

　　画面所呈现的，似为生命之坚劲、劫后之余生。
"悲壮美是段光安诗作独特的审美色彩，悲而不伤，或
给人以温馨，或给人以希望。"（李丽中《用生命之指
叩击人们的灵魂》）此言，正是的评。

桩
在冰冷的水底倾听
半截身子陷在泥里
支撑着桥梁
冷漠
像四十岁的汉子
审视远方
浪一次又一次打来
腿抽筋
仍坚守在那个地方
　　　——《桩》

　　好一个《桩》，恰绘一个硬汉的形象！人生的际遇

与坎坷，生活的磨砺与苦难，都不能丝毫减损桩的意志
之坚。他"在冰冷的水底倾听"：心若在，梦就在。他
"审视远方"：而远方，正召唤着明天的希望。

> 利爪钉入岩峰
> 昂然
> 凝重如铁
> 一双闪烁北极光的眼睛
> 把周围冻成了冰
>
> 展翅刺向苍穹
> 简捷
> 几条直线
> 一首苍劲的诗
> 韵味无穷
>
> 神圣
> 徐徐降临
> 至我幽暗的心底
> 化作火焰
> 升腾
> 　　　——《鹰》

　　"简洁、明快的语言，准确生动，极富穿透力。"
（刘功业《段光安的诗》）其实，三个诗节，各自六
行，首行冠"鹰"，正如三幅连环之画，活脱脱绘出鹰
的四种姿势——而鹰的姿势，又何尝不是我们在生活中

的不同姿势呢？

　　诗人说："我认为对诗而言，生命意识至关重要，即使一句有最微小生命的诗也胜过与我们生存毫无关系的厚厚诗集。诗关键要让读者感受到冲击，让读者颤抖，一种暗示模糊地走进读者的灵魂。"（《段光安的诗》，第166页。）是的，《鹰》，以其不同的姿势，冲击着我们的视野，颤抖着我们的心灵，并暗示模糊地走进我们的内心之境。

　　　　　崎岖的山路
　　　　　在闪电的瞬间才偶尔清晰
　　　　　夜雨淅沥
　　　　　如鬼魂涕泣
　　　　　老马蹄裂
　　　　　深一脚浅一脚
　　　　　警觉的双耳一直耸立
　　　　　车轮还是陷在滑坡淤泥
　　　　　后腿一滑跪下
　　　　　本能的抗争像电闪穿过骨髓
　　　　　老马一次再一次挣扎着站起
　　　　　一次再一次跌下去
　　　　　跪着的四腿支撑着
　　　　　就是不肯卧在泥里
　　　　　痉挛的腿上滴着血
　　　　　背上渗出血
　　　　　一团火
　　　　　一团黑火在雨中喷着热气

颤抖的路
瞬间通向遥远的天际
——《雨夜老马》

　　臧克家前辈的《老马》，概写负荷之下劳动人民的吃苦耐劳之精神；段光安先生的《雨夜老马》，则绘一幅不屈服于多舛命运而奋力抗争的老马形象。诗人说："诗应当是有思想的灵魂，能超越时空，空灵地活在现在和将来。"（《段光安的诗》，第163页。）可以说，《雨夜老马》，正是"有思想的灵魂，能超越时空，空灵地活在现在和将来。"

一盆小小吊兰
自柜顶垂下
延伸着岁月
不随心意的枝叶
全被剪断
狭长的躯干
在柜与柜夹之间逶迤
它无力抓住任何东西
只是下垂
瘦成一缕寂寞的丝线
——《办公室的吊兰》

　　办公室的吊兰，可谓常见而不鲜。然而，在诗意盈心的诗人的画笔之下，原本无灵的吊兰，便具有了灵性。"在诗的天地里，他展示自我生命中鲜为人知的一面，倾斜的心态在这里得以平衡，美好的瞬间在这里凝形为永恒。"（李丽中《用生命之指叩击人们的灵魂》）下此评语之人，可谓是段光安先生的知音了。

> 朝霞是美的
> 只是一瞬
> 夕阳是美的
> 只是一瞬
> 更多的是烈日当空
> 养育着生命
> 又煎熬着生命
> ——《烈日当空》

　　一首小诗，三幅卷帙。朝霞图，暗示人生之少年：虽欢乐而短暂逝；夕阳图，暗示人生之暮年：虽美好而冥色迫；烈日图，暗示人生之中年：既精力充沛，又承受苦难。

1

> 梦总是梦
> 一片败叶在寒风中抖动

2

> 秋来得那么急
> 草籽遍地

> 回首的刹那
> 已长满胡须
> 　　——《人啊人》

　　诗题《人啊人》，似乎流于空洞的慨叹。然而，"梦总是梦／一片败叶在寒风中抖动"，诗句经由画笔，便凸显出一幅画面：触目，惊心，生动。"秋来得那么急／草籽遍地／回首的刹那／已长满胡须"，此乃人的一生的大写意。

　　《人啊人》是诗集的最后一首：画卷，渐合闭；诗意，伏而起；品味，正入里——自首篇《高粱茬儿》始。

　　读《段光安的诗》，如读纷呈之画卷。画面，何以如此立体、亮鲜？无它，全靠诗人之诗意画笔的皴染。

　　刘功业先生评曰："读段光安的诗，需要一种缓慢的速度。像喝功夫茶，需要细品的过程。没有朗朗上口，却有唇齿留香。"（刘功业《段光安的诗》）是的：好诗，耐读；好画，耐品。

　　段光安先生说："科技的发达，使世界异化。物化后的世界，一切扭曲变形，人们麻木成器物，物体却有了感觉，充满了灵性。所以人逃离人，隐入物体之中。也不尽然，偶尔物体也会狰狞，心灵无处躲藏。"（《段光安的诗》，第167页。）

　　无处躲藏之时，段光安先生的诗，正是读者之飨。

2012年10月26日

　　张智中(1966—　)，河南博爱人。文学博士，文学翻译家、学者。天津师范大学翻译研究所所长、外国语学院教授。有汉诗英译著作44部。

简说段光安的诗学

——读《段光安的诗》札记

马启代

　　真正的诗学都在诗人那里，我说的当然是那些把写作与生命融为一体的诗人。段光安就是这样一个诗人，他有自己的诗学。

　　这位孜孜于诗数十载如一日的科技工作者，其实心灵离诗很近，他始终保持着对诗神的敬畏和虔诚，相对于浮躁热闹的诗坛，他是沉潜、内敛的旁观者，一个守着孤独的内心磨砺诗艺和灵魂的人，他刻苦地熔铸古典诗学和现代诗学的精髓，正如李丽中教授在诗集《代序》（《用生命之指叩击人们的灵魂》）中所说的，"人与诗相互滋润，相互照亮"，他不断成熟、丰盈着自己的诗学体系。

　　首先，他是有立场的写作者。所谓的立场，很容易造成歧义，我所指的立场，在当今时代，不仅仅拘囿于诗学领域，还应关涉政治和文化，是超越于普遍同情

和政治意识的精神旨归和态度，自然诗人者以最终是否
体现这种精神为核心。段光安的作品和言说体现了显明
的精神特征，在他的写作中，无时无处不彰显着使命意
识和道义感，洋溢着对于苦难正视和对于万物悲悯的情
愫。如果用流行的话语来给他贴标签很难准确，只能模
糊地认定他是那种坚持精神写作的人，是保持难度写作
的人，是有根有魂的人，因此，他的视角是冷的、苦
的、沉的，而这一切，与这个流行的社会时尚形成了形
式悖论和价值张力。他坚守心中的信念和理想，犹如艺
术的宗教徒，所以他诗作的美学风格是沉雄、开阔和苦
涩的，切近了美的本质，人和作品本身都是有"道"的
存在和对"道"的弘扬，当然，如果细说其"道"，大
概需要大篇幅，此处基本可以与"立场"同解，尽管它
们不同范畴和层次。对于这一点，韩作荣称之为"重精
神表达"（《读〈段光安的诗〉》），叶延滨称之为
"骨质"感（《诗人和他的世界》），李小雨称之为
"悲壮美"（《秋碑上的落日余晖》），吉狄马加读出
了"理想主义的温暖"（《诗的生命和生命的诗》），
雷抒雁感受到"淡淡的忧郁"（《忧郁的宁静》），
沈泽宜感悟到"忧与痛"（《"荒野之声，悲壮而久
远"》），宗鄂聆听到"心灵深处的震颤"（《聆听灵
魂深处的律动》）等等，这都表明，段光安所关注、所
思考、所呈现给我们的诗美世界，很好地契合了他的诗
学理想，践行着他的诗学立场。记得与北塔兄交流对诗
坛看法时，他与我的理解竟高度一致，是的，我们看诗

人、看诗作，首先看他（它）体现出的"立场"，看透
了这个，基本可知其功力、套路和档次了，此不赘言。

其次，段光安是个诗艺的探索者。针对碎片化和
庸俗化的诗歌江湖，段光安在保持精神高度、思想深度
与经验广度的写作实践中，不断将古典诗学与现代诗学
相揉合，孜孜矻矻地寻找内容与形式的统一和和谐，故
此，在人们指称他诗歌的悲壮美和悲剧意识的同时，切
莫忘了诗人在汲取着古典哲学的"中和"之美。这是我
在阅读刘衍文、刘永翔父子的《古典文学鉴赏论》时从
段光安的诗学中钩沉而出的。"中和"之美是我在"炼
气"说中隶属于我诗学范畴的重要概念。在这里点出，
希望看到更多的诗人从母语传统中吸取到精华、开掘出
境界。记得我与学院派几位诗评家说过，《孔子诗论》
的楚简被上海博物馆从香港购回已十几年，期间学术界
整理、出版的阐述与考证已十几部，但这样一部颠覆、
矫正古典诗学理论的著作竟走不出有限的学术圈子，连
学术一线的学院评论家都熟视无睹，这正好佐证了，为
什么我们的新诗理论一直被割裂成古典、现代、民间或
流派、主义等几个圈子，为什么我们的创作一直被片面
甚至错误地引导着，而一个个貌似光环四射的名诗人名
诗评家其实只是些理论和术语的贩子。而我从段光安的
文本与诗话中却读出来扎扎实实的传统修养、诗性思维
和现代感觉。如他对"情感"的注重，对"意象"以及
超越其上的"结构"的重视，已经把"诗思"上升到
"形式"的层面，把"意象结构"和"审美结构"试图

有所统一；另外，他对"直觉"和"潜意识"的思考，对"简约"和"震撼"的追求都表明了他在诗学理论和实践上的多元共融。更值得称道的是，作为诗人的段光安，在思维的深处潜藏着思想的锋芒和逻辑的缜密，他在《关于诗的随感》中不时地涉及到一些值得关注和探讨的概念，如"视觉的音乐""内在的真实""精神的真实""瞬间的真实""绝对的真实"等等，芜杂中显示了诗人理论建构的倾向和热情。这对诗艺的拓展和诗境的开拓是有益的。

再次，段光安把自己的诗学建立在了真实的艺术生命之上，是典型的生命诗学。二十多年前，我在《桑恒昌论》"作者简介"中曾说过，我"做评就如作诗"，倡导"诗意批评说"，今天，我看到段光安的诗文，他说，诗人慢慢品尝自己的血，自觉，觉人，故而我再加一句，就是"评人就是写己"。世间一切美，都是生命之美，艺术之美尤其如此。所以文格与人格的统一是衡量作品价值的最后的标准，尽管文学史上许多品质恶劣者写出过传世的美文，但伪饰的东西只能是皇帝的新衣，也许我们曾使用的评价尺度本身就有问题。骆寒超在《他，谱写着生命交响乐》中认为段光安对生命的四大主题作了从生的无奈到美的寻求再到真的感悟和力的讴歌——这样递进式的系统表现，查干也认为段光安的《诗歌为生命代言而存在》，大卫更是把段光安的诗看作可以熨平生命皱纹的灵魂熨斗，有着《就像植物的力冲到枝头……》的力道。纵观段光安的作品，他笔下的那些物象都是他用心血炼成的，有着真实的人性的孤独和疼痛，有着生命和艺术的超验之美，是命运中结出的苦难的花朵。他关注《雨夜老马》《迷途羔羊》和孤傲无助的《鹰》，如在《一只贝壳》中他写道："岸不肯接纳／将它推向大海／又被海浪抛向岸边"，在《残碑》中他写道："残碑是断臂老人／冷漠／而风骨犹存／笔锋／像胡子一样苍劲／再激昂的演讲／也打动不了他／历史在他身边玩耍／只是一瞬"……诸如此类的吟咏时有突破古典诗学的地方而达生命的超敏感状态，且具有思想的冲击力。生命常新，艺术才常新。当下新诗的病症多多，其中最为要害处是远离真实的感动，不能直面人生。我所倡导的"为良心写作"，以及诗人马非的"血性写作"，与桑恒昌先生的"情感诗学"是相通的，同时还有马知遥的"感动写作"，韩庆成的"干预诗歌"等等，其本质都要基于"真"——真实的情感、感觉和精神。基于生命之上的诗学才是有生命力的诗学。

当然，作为诗人，而不是理论家，段光安的诗学主要体现在他的诗作文本和诗话随笔中，其鲜活与体系性以及概念的界定等关系上缺乏充足的学理支撑，文本既有可锤炼的地方，个别提法也有可以商榷之处。但他的诗学精神和所具有的思想还是打动了我。

此外需要说明，知道段光安的名字，是在广才兄主编的《天津诗人》上，"开卷"主推，"开卷评论"十位诗人持评，除了段光安的名字陌生，十位诗人的名号如雷贯耳。我当下惧怕大场面，便一翻而过，倒是私下与庄伟杰兄倾心点评了后面几位的作品，当时广才兄在场，我们有褒有贬，坦言无恶意，所以交流甚欢，至深夜小酌，时在北京龙源。

人与人的相识纯属缘分。我几日后抵津，与几位诗友小聚，恰光安兄在座，席间获赠《段光安的诗》一册，归来后粗读，竟有相见恨晚之慨。回忆我们这初次的相逢，相对于罗振亚的博学、朵渔的深刻和马知遥的火热，他那沧桑而安静的神情，他那沉着而精准的话语，他那温厚而体贴的举动，都一一印在了脑海里。我对广才兄说，光安兄的诗值得一读。时在天津"大富贵"。

故乘春节稍闲，重读光安兄的诗文，拉杂记下，为有诗乏名的真诗人壮行！

2013年2月14日

马启代（1966— ），山东东平人。诗人、诗歌评论家。《山东诗人》主编。著有《太阳泪》《杂色黄昏》《受难者之思》《马启代诗歌精品鉴赏》《黑如白昼》等诗文集20部。

读《段光安的诗》复信

段光安先生：

你好。

经常有些陌生的朋友寄诗集给我，我都要翻一翻，翻一翻也就放下了。有些不是诗；有些接近诗，老把诗句写成语法不通的谜语，所以读一两首读不下去，只好放下了。你的诗集，开始也是随意翻翻，却没有放下来，而是读了下去，读完便生出一些想法，想和你谈谈。

你的诗玲珑，小巧，写得精细，能够引人入胜，给人以美的享受。所有的诗，我作了逐一比较，我太喜欢《初雪》这首诗了，我认为是不可多得的上乘之作。有景、有情、有声、有色，用"平平的"形容前人从未走过，用"咔，咔，咔"形容踏雪的声音，其中还有暗藏着"走前人未走过的道路"，"自己踩一条道路出来"，"自辟蹊径"的潜台词。《山中落日》也不错，可以理解为一幅山水画，泼墨，"悄悄地抹去了我"，而我，并未消失，我在画外看画，看出神了。

　　当然我不敢说每首都好，读多了，会有一种意境重复的感觉。今后你写诗要注意，每一首诗都要具有独立性，意境重复的诗最好合并。

　　诗无达诂。一般最好不要加注。如《童年的河》，让读者自己去想象，加注把诗意限制了。

　　以上意见供参考。

　　问好！

木斧　2004年9月2日

　　木斧（1931—）原名杨莆。回族。四川成都人。诗人、作家、诗歌评论家。历任《指向》诗刊主编，四川文艺出版社副总编辑。著有诗集《醉心的微笑》《缀满鲜花的诗篇》《乡思乡情乡恋》《我用那潺潺的笔》《木斧诗选》等，评论集《诗的求索》《文苑絮语》《诗的桥磴》《揭开诗的面纱》等。散文集《木斧短文选》。

自觉或不自觉地接近天意

食指

"天意从来高难问。"

是刘邦的："大风起兮云飞扬，威加海内兮归故乡，安得猛士兮守四方！"还是项羽的："力拔山兮气盖世，时不利兮骓不逝。骓不逝兮可奈何，虞兮虞兮奈若何！"

是杜甫的："名岂文章著，官应老病休。"还是辛弃疾的："了却君王天下事，赢得生前身后名。可怜白发生！"

是文天祥的："惶恐滩头说惶恐，零丁洋里叹零丁。人生自古谁无死，留取丹心照汗青。"还是谭嗣同的："有心杀贼，无力回天，死得其所，快哉快哉。"

是韩愈看到的"草色远看近却无"，还是李白眼前的"燕山雪花大如席"。

是《青藏高原》歌中唱的："是谁带来远古的呼唤，是谁留下千年的祈盼，难道说还有无言的歌，还是那久久不能忘怀的眷恋。"还是李清照的女儿心思：

"才下眉头，却上心头。"

实在是说不清道不白。可能东方文化的特点在此。如印度佛教所说：说出来的就是俗谛，说不出来的才是真谛（大意）。这可能也就是"天意从来高难问"，由此引得一代代诗人虽"路漫漫其修远兮，吾将上下而求索"。

诗人朋友们一定要多读书，多读诗，勤思考，得其神。即使只能无限地接近也要不停地追求。"不读诗，无以言"，我本身的经历就是一个例证。

我读光安的诗，就有一种自觉或不自觉地靠近"天意"，高远大气，于细微处见精神的感觉。但仍觉远远不足。希望光安同志不追求表面的东西，往心灵的更深处开掘。真诚的回答亲友及人世间的一切提问，并由衷地表达自己内心的困惑。

另外，在字句上还求准确。古人讲炼字炼句："两句三年得，一吟双泪流。"（贾岛）一时拿不准的字句，要抓住不放，深入地想下去，写出来。不轻易放弃。因为这是诗人提高的绝好机会。诗人自己独特的风格和语言就是这样磨砺出来的。

由于年纪大了，行动不便，不敢轻易出门，怕途中身体不适。不能应邀出席段光安作品的研讨会，实为憾事。真诚祝贺光安同志的作品研讨会成功召开。

一早醒来，写下上面的话。

2012年10月25日　早4:30—6:30

食指（1948— ）本名郭路生。山东鱼台人。诗人。朦胧诗代表人物，被当代诗坛誉为"朦胧诗鼻祖"。

燃烧意象，萃取意境 　（代跋）

　　"意象"出自"易经"，"立象以尽意"，即蕴情而含意的艺术形象。

　　"意境"出自佛经，意指领悟到达境界，是寓意之象生发出来的气场。

　　关于意象和意境的理解众说纷纭，如同对诗的理解一样，仁者见仁，智者见智，无法统一。如果把诗看作生命体，那么意象就是肉体，意境就是灵魂，外在形式则是衣冠。

　　诗是生命体，是生命所创造的生命，是纯粹的生命，也是生命的纯粹，朴素，天生丽质。诗的外在形式是服装，无论古装或西装，单凭服饰奢华，唬人。关键是看有无肉体灵魂。真正的诗是纯诗，裸体最美。

　　意象是肉体，是物质，是实。可见，可听，可嗅，可触，可感。

　　意境是灵魂，是精神，是虚。看不见，摸不着，只能悟，觉悟，感悟，体悟，顿悟。

意象依存于意境的灵魂，否则便成了无生命的空躯壳。

意境附着于意象的肉体，离不开意象，又超越意象，而形成独立的精神。

意象和意境是诗生命体内的肉体和灵魂，一实一虚，虚实相生，不可分离，相互依存，相得益彰。

只注重单个意象精雕细刻，而忽视了整体意境，只有佳句，而无佳篇。如果把一首诗比作一个美人，只有漂亮的面孔，不足以称之为美人。要身材、线条、外在气质、内在神韵俱佳，既有佳句，又有佳篇。这时佳句正是美人的明眸流盼生姿。每首诗都像一个人，而每个局部恰是诗句，由华丽句子堆砌起来的诗未必是一首好诗，相反，诗句一般，完美地结合起来，构成整体美，才是一首让人拍案叫绝的好诗。

意象可由自然物象转换而来，也可从具象到抽象或从抽象到具象，通过物象把隐藏背后的意暗示出来。一系列的意象或意象群巧妙而有意味的组合，意溶于情，情显于象，象凝成形，自然的节奏，流注的音韵，神和意的蕴含，由眼睛看不到的内在逻辑气而贯之，就像物理学中的"场"，一种氛围，一种态势，具象的意象或抽象的意象，"刷"地构成一个场，骤然纷繁的物象生成灵动的意象。似荒谬无理又深蕴至理，把人带入既明白又难以表述的模糊世界，激发出读者无法抑制的震颤，难以言状的艺术情感。正像清人叶燮在《原诗》中所说："诗之至处，妙在含蓄无垠，思致微渺，其寄托在可言不可言之间，其指归在可解不可解之会，言在此而意在彼，泯端倪而高形象，绝议论而穷思维，引入于冥漠恍惚之境所以为至也。"

现代诗就是现代人，作品的现代性不仅是形式上的现代性，最重要的是情感上的现代性，在情感上完全感动现代人。现代诗以适合现代人在外界重压下契合的表现方式，往往自然物象被割裂，被掩盖，可辨认的形象被淹没在重叠的意象之中。在诗的深层是意象在歌唱，平凡的物体在瞬间表现出非凡，凝固的东西突然流动起来，僵死的物体有了生命。骚动的生命以一种无以伦比的方式活起来。词语就像基因重新排列组合产生新的生命，陌生的词语走到一起开口说话。意象暗示着现实的一个观念，一种精神的符号，时而清晰，时而朦胧，呈现出被自然物象遮蔽的神秘灵魂——意境。

西方意象派之所以短命，是因为他们学中国古诗没弄明白精髓是境界；仅借鉴了意象的技巧，还停留在术上，而未悟出意境的道。

意象创造空间，营造意境的家园，不仅让读者领略美，更多的是给读者留下想象和驰骋的空间。从意象生动的气韵，到意境美妙建构都通向生命，相互架构，相互催生，生机盎然。虚中有实，实中有虚，实境化为虚境，虚境又映照现实。真景呈真境，真境含真情，至真至美。空灵动荡而又深沉幽缈，抵达一种和谐，自然与人合一，呈现一种博大澄澈的生命宇宙，达心向往的玄思，藉天眼而内视的境界。意象指向意境，逼近生命本真、生命觉醒，可意会，不可言传的灵魂启示。有思想的灵魂，能超越时空，空灵地活在现在和将来。

　　生命存在于宇宙，构成宇宙巨大的生命。诗燃烧于宇宙的中心，又将光芒射向穹极。燃烧意象，萃取意境。抑或燃烧肉体，萃取灵魂。

图书在版编目（ＣＩＰ）数据

段光安诗选 / 段光安著. -- 武汉：长江文艺出版
社，2017.2
ISBN 978-7-5354-9273-9

Ⅰ. ①段… Ⅱ. ①段… Ⅲ. ①诗集－中国－当代
Ⅳ. ①I227

中国版本图书馆 CIP 数据核字(2016)第 277933 号

策　　划：大　卫
责任编辑：胡　璇　　沉　河　　　　责任校对：陈　琪
封面设计：大卫书装　　　　　　　　责任印制：邱　莉　　胡丽平

————————————————————————————————

长江出版传媒　长江文艺出版社
出版：
地址：武汉市雄楚大街 268 号　　　　邮编：430070
发行：长江文艺出版社
电话：027—87679360
http://www.cjlap.com
印刷：三河市宏顺兴印刷有限公司

————————————————————————————————

开本：880 毫米×1230 毫米　　1/32　　印张：9.75　　插页：4 页
版次：2017 年 2 月第 1 版　　　　2017 年 2 月第 1 次印刷
字数：152 千字

————————————————————————————————

定价：49.80 元

————————————————————————————————